中公文庫

またたび

伊藤比呂美

中央公論新社

もくじ

またたび

はじめてのスシバー

一日のうちで何回も前後の脈絡なくふっと頭をよぎるのは、「今晩何にしよう」という、吐息のような思いです。それから「ああめんどくさい」という、もう一段階吐息に近くなった思い。で、どうってこともないです。そのまま、思いは宙に消えていきます。そこに、養わなくちゃいけない家族がいるもんですから。時間になれば、自然とからだが台所にむかって、右に左に子どもを蹴ちらしながら、グラス一杯のワインを片手に、いえキッチンドリンカーってわけじゃないんです、食前にかならずスコッチを飲みたいつれあいのお相伴をしてるだけ、安物のワインですけど。お相伴とは名ばかりで、あたしはじつは甘党の下戸ですもの、ごはんを作っているうちに、つい置きっぱなしになり、飲みわすれて、なまぬるくなって、鍋の中にふり入れちゃったりしています。

もうしおくれました。伊藤比呂美です。はじめまして。

　お天気のよすぎるカリフォルニアの、海のそばに、家族とともに住んでいます。家族は、今晩何にしようかと訊くと、かならず「米のめしっ」と答える思春期の少女が二人。この二人は生まれも育ちも日本です。

「いいよいいよ、日本食だいすき、毎晩だっていいよ、ナットーとヤマイモ以外ならなんでも食べる、スーシ、テリヤーキなんて半可通の日本好きたあわけがちがう、箸使いだってこんなにじょうず」といってるんですが、本音のところでは、チキンスープとマッシュポテトに固執しているユダヤ系イギリス人。それからこっち生まれの末っ子。お箸はじょうずに使うんですけど、食卓のおぎょうぎがさいていです。どっちの文化にも片足つっこんでるので、ごはんに対する忠誠心もあればマカロニチーズもよろこんで食べる。それと、犬が一匹。これが、あたしの家族です。

　じつはあたし、スシバーというものに行ったことがなかったんです。ええ、このあいだまでは。これはふつうじゃない。カリフォルニアといえばスシバー。猫もしゃくしもスシバーでスーシを食べてるのに、おすしもごはんもおさしみもおしょうゆも、ほら、無意識のうちにことごとく「お」つきで表現しちゃうほど、大切に思っているあたしが、スシバーには一度も行ったことがない。

どうせ外食するなら、エキゾチックなものを食べたいと、もともと思っていました。食べたことのないものや、何をどう料理したのか想像もつかないもの、そういうものをいつもどこでも食べたいのが、あたしだったはずなんです。旅というのは、知らないとこに行って知らないものを食べるということでした。それで旅してたんです。ずっと。

ところがここに定住して落ちつくにつれ、だんだん好みは、アジア料理にかたよってきました。ごはんのせいです。メキシコ料理にもごはんがついてくるので、いえ、長くてぼそぼそのごはんですけど、ごはんならなんでも、おいしく食べてしまう。ごはんはひとつぶも残しません。お肉やお魚は残しても、あたしはごはんは残しません。どんなエキゾチックな料理でも、どんな形態のごはんでも、ごはんはごはんです。これはもはや、しつけというより宗教のようなもの、これはもはや、あたし個人の行動ではなく、文化全体の行動と、あたしは思います。

スシバーに行ったことのない日本人はさすがにめずらしいもんですから、とうとうこのあいだ、つれあいにむりやり連れていかれました（子どもたちはベビーシッターとピザを食べに)。ほらほら、強情はらずに、後学のために、いやならもう二度と行かなけりゃいいんだからって。

昔、ポーランドに住んでいたことがあるんですが。友達がヨーロッパ旅行の帰りに、ワルシャワのうちに寄りました。ごはんのとき、とつぜん友達が「ごはんにおしょうゆかけて、食べていい？」といったのをよく覚えています。そんなもの常食としてるはずもない上品な人なんですが、長旅と異文化で疲れはてていたようで。おしょうゆとごはんがそれを癒やすのだろうなあとあたしはしみじみ考えたものです。

おしょうゆとごはんは、たしかに何かを癒やします。あたしなんか、ときどき人目をしのんで、生卵かけごはんを食べるんです。食べたそばからむくむくとエナジーがわいて出てきて、あたしとしては、栄養ドリンクなんかよりずっと効き目があると思ってるんですが。あ、きっとここです。あたしがスシバーに行かない理由。癒やされたくないんだと思います。異文化の中で緊張してがんばっているこの状態を。おいしい和食がイージーに手に入る状態にどっぷり慣れちゃったら、癒やされすぎちゃって、緊張がゆるんじゃって、日々をのりきっていけないように思うんです。それで、日々緊張して、ハンバーガーやタコスを食べる。和食のかわりにせめてもの各種アジア料理を食べる。

とにかくはじめてのスシバー。お店に入って、すわって、最初のおすしを口に入れたとたん、あたしは、何もかも忘れました。

スシシェフは、感じのいい、あたしと同年輩の日本人の男でした。おすしやおさしみと同じぐらい、感じのいい日本人の男と日本語で世間話をするのも、ひさしぶりだったわけで。最初に食べたのは「タイルフィッシュ」、たまりませんでした、何の魚かシェフが説明してくれましたが、忘れました。つぎのは「アルバコア」、うちふるえました、これも説明してもらいましたが忘れました。それから「パムパノ」、狂喜乱舞しました、しかしいったい何を食べたのか……ただでさえ、すしネタが何の魚かわかってないのに、こうなるともはや闇鍋状態、たしかなのは、魚だったってことだけ。

あたしはヤマイモを頼みました。すると、

「卵は入れますか」と訊かれました。それから、

「おろしますか、たたきますか、それともせんぎり？　紫蘇は？　海苔は？」

矢つぎばやに訊かれたときには、あたしはプーさん、パンにはハチミツ？　それと

もコンデンスミルク？　と訊かれたときのプーさんのように、すっかり夢中になってしまいまして。

紫蘇はぷんぷん、海苔はぱりぱり、ヤマイモはしゃきしゃき、うずらの卵はとろりとして、そこにおしょうゆです。あたし基本的に下戸なんです。ついごはんを注文して、思わずかきこんで、さて少しごはんがあまった。ごはんは、残せません。それで、「このごはんを食べきれるだけのおさしみください」と頼んだら出してくれた、ほんの数切れのタイルフィッシュ。

ぽん酢にもみじおろしがはいって、まあ、もみじおろしだなんて、そんなもの、この世に存在することも忘れていました。「手厚い看護」ってことばが頭に浮かびました。「ふるさとのなまりなつかし」っていうことばも、ふと。

それ以来、外食といったらスシバー。ほかのレストランに行くと、なんだかお金をどぶに捨てるような気がします。

十年一日のごはん

夏休みはずっと日本にいました。いやー、暑かったです。せっかくカリフォルニアという、ああいうさわやかな気候のところに住んでいて、なにが悲しくて、夏に日本に帰らなくちゃいけないのかと思いますが、これもさだめ、帰省っていうのはそういうものなのかもしれません。

大学行ってからも就職しても、たいてい親といっしょに暮らしてたから、帰省ってあんまりしたことなかった……と思ってましたが、いや、そんなことないですね、前の結婚では、お盆の時期にはかならず夫の生家に、みんなで帰ってお墓参りしました。あれも帰省です。いやでいやでしょーがない帰省でした。いったいあたしは、日本のふるい習俗がぞくぞくするほど好きなんですが、勝手なもんで、自分がヨメという立場になった婚家のお墓参りだけは、どうも好きになれませんでした。昔話はこれくらいにして。

お正月すぎぐらいからはやばやと子どもたちが、こんど日本に帰ったら、「あれ食べたいこれ食べたい」といっていました。

「あんたたちは食べるために日本に帰るわけ？」といいたくなるくらい、「あれ食べたいこれ食べたい」、つられてあたしまで、「あれ食べたいこれ食べたい」と、とうとう三人で食べたいものリストを作って、あたしの母にFAXしたりしていました。いいえ、たいしたものを食べたかったわけじゃないんです。

「おから、ひじき、白あえ、酢の物、がんもどき」と上の娘がいいました。

さすがにカリフォルニアで、おからはなかなか手に入りません。でも、あとのはあたしだって作れるんです。うちの食卓状況ではそうしょっちゅう作ろうって気にもならないだけで。

「ぬかみそきゅうり、みたらしだんご、カステラ、お好み焼き、ソース焼きそば、ほっかほっか亭、モスバーガー、宇治金時」と中の娘がいいました。

「そうそう、ライスバーガーは、ブリートーよりずっとおいしい。のり弁当も、テリヤキチキンボウルよりずっとおいしい」

「おでん、肉まん、こたつにみかん」と上の娘がいいました。ちょっとそれは、時期がちがうかも。

「そんなら、いつか、冬に日本に帰ってくるもん」と上の娘はさらに。

「じゃそのとき、蟹鍋も食べよう」と中の娘が。

「かつおのさしみ、たたきじゃない、生のかつおの、ぶ厚く切った、青葉のうつって見えるようなイキのいいさしみ、初夏じゃないけど」とあたしがいいました。

「こちとら江戸っ子でえ、とりあえず」

……というわけで、一年ぶりの子どもたちの帰郷でした。あたしの母は、まったくおばあちゃんは誰がこれだけ食べられると思ってこんなにと、みんなにいわれたくらい、おいしいものをどっさり用意していました。かつおのおさしみも山盛りになってました。子どもたちの食欲は底なしでした。あたしも食べることは食べたんですが、そのうち、どうもなんだか、食べる気がしなくなっちゃったのです。いいえ、夏ばてじゃありません。やはり、子どもたちより長く日本文化に浸かってきた身は、複雑だったのです。

それ以来、夏じゅう、日本にいるあいだじゅう、あたしは、ごはんばっかり食べていました。おかずとしては、おさしみはいいんです、おしょうゆとわさびで、たくさんはいりません、ほんのちょっと、あとはもう、ひじきの煮たのやきゅうりのぬかみそ、生卵や納豆や明太子。そういう、手のかからないもの、あるいは常備菜みたいなものばっかり、食べていました。

ときどきコンビニに立ち寄って、菓子パンを買いました。あたしはどういうわけか、コンビニで売ってるような菓子パンが好きでして。やわらかくて、ミルク味で、ほの甘いのがとくに。でも今回は、買っても買ってもおいしいと思わなくなっていました。そういうものは、もう食べる必要がなくなってるのかと思いました。昔はよく眠れなくてもんもんとしていたことがあり、深夜、たまらず車に乗って外に走り出し、町を徘徊しては、ぽっと灯のともるコンビニに、まるでお遍路さんのように立ち寄って、食べものというより、疲れを癒やす温泉のお湯のような、いのりをこめた願いごとのような、チーズ蒸しやソフトロールという菓子パンを買って、食べていた時期があったからです。

ああ、また昔話にはまってしまった。それはそうとして「日本に帰る」ということ。それは、このくそ暑くむし暑い気候に身を置くとか、おさしみをいつでも食べられるとかいうことだけじゃなく、何週間ものあいだ、いいだくだくと、人の作るものを食べてりゃいいという、そういう状況に身を置くことだったんです。

食べさせる家族を取りもどしたあたしの母は、毎日が「藪入《やぶい》り」、いつまでも終わらない「藪入り」って感じで、せっせとごはんを作ってました。母が腕をふるえばふるうほど、あたしは食べるのがめんどくさくなっていって、なんですか、山盛りのおいしいものの前で、みんながむしゃむしゃ食べてるときに、あたしだけ、決まりきった、わずかな、貧しいおかずで、そそくさとごはんを食べていました。ふりかけしか食べないような、食習慣のなってない幼児みたいだなーって思いながら、それでも。

インターナショナルに主婦やっていますと、ごはんひとつ作るのにも、おのれの文化と葛藤してるような感じです。前の結婚の、いちばん楽だった点は、たとえお盆にお墓参りをしなくちゃならなくとも、夫が、同い年の日本人だった点でした。あたしの食べたいものは彼の食べたいものだったし、目をつぶってたって彼の好きなものはわかったし、ねてたってそのくらいかんたんに作れた。異文化の人間と作る家庭ではそうはいきません。

だから今、せめて帰省中くらいは、何も考えずにごはんを食べたい。もはや、ほかの人が（母ですが）、いつもの自分と同じように、これを食べさせたいあれを食べさせたいと考えながら、食べさせたときのようすを楽しみにしながら、作りあげたごはんを食べるという行為さえ、気が重かったのです。だから、ただのごはんを、食えばいいんだろ食えばというようなごはんを、十年一日のように、食べたかったんです。

一期一会

人がよく通りかかります。
カリフォルニアに、ウキクサみたいに住んでるわけです。あたしのつれあいは、ここで外国人なんですけど、まあ、ことばも困らないし、仕事もあるし、家もある、人生の大部分をここですごして、もはや故国に帰る場所もない。でもあたしは、ことばにはおおいに困っており、仕事も友達も家族も日本に置いてきちゃって、なんだか後ろ髪をいつまでもひかれているような心持ちです。

英語をしゃべるのがいやだから、店員としゃべらなくちゃいけない買い物は極力しないし、落ちついて根をはやしてしまいたくないので、食器や置物を買い足すっていうことも極力しません。

人とのつきあいもないわけじゃない、ディナーに呼ばれることもあるんですが、そこでの会話には、あたしはあんまり加われません。日本語でならよくしゃべるんですけどねーといいわけして、あたしはだまって人の話をきいています。テーブルの向こうであたしのつれあいが、つまらなそうにそっくりかえってすわって、人の話をきいています。うちに帰るとかならず、パーティーに行かないですめばいいのにとか、おまえは英語ができないからっていう口実があるからいいけどとかいって、つれあいは、ため息をつきます。ただでさえひきこもる傾向があるっていうのに、そんなものにつれ添ってるんですから、あたしの暮らし方は、まったく後ろ向きです。

　子どもたちは地域の学校に行ってますけど、まだあんまり友だちもいない。日本なら、ウキクサでも、子どもが学校に行きはじめたらたちまち地域にどっぷり浸かってしまった記憶があります（子ども会の廃品回収や花火大会や……）、でもここでは、ことばもやることも、感情もちがうから、ＰＴＡの行事なんかにろくに参加したことがありません。あたしら、社会のはじっこにほそぼそと間借りの仮住まいしてるようなものですから、出たり入ったりの旅人たちと、ほとんど同質の暮らし方です。その同質のにおいにひかれるのか、旅人たちが、ひんぱんに通りかかってうちに足をとめる。

知ってる人のことも、知らない人のこともあります。あたしたちに会いにきたという人もあります。ただどこかに行きたくて、そのついでという人もいます。こっちもウキクサですから、おたがいさま、どうぞどうぞってんで、ウキクサの宿を提供し、ウキクサの食事を供するわけ。

それでかしら。このごろ一期一会ということばをひじょうにひんぱんに思い出します。つられて一宿一飯ということばも思い出すんですが、それはちょっとちがうか。

あたしは客人と対面しているときには、もう心魂こめて、客人の世話をしちゃうんです。知ってる人でも知らない人でも、家族の存在なんか忘れるほど、しちゃう。まるでお菓子の家の魔女みたいと、昔、前の夫にいわれました（そのころあたしたちはワルシャワの社会のはじっこに住んでいましたから、やはり客人が多かったのです）、とっつかまえてむりやり養ってるようだと。いえ、あたしは善意です、取って食うつもりもありません。ただのホスピタリティといってほしいんですが。

そうして世話した人が去ると、どうぞ、その人から礼状が来ませんように、とあたしは心底願うのです。

あたしも昔は股旅の生活をしていたものですから、行った先行った先で、人の世話になりました。通りすがりのものにこんなによくしてくれてと、喉の奥がすっぱくなるほど感謝して、感激して、帰ってくるのですが、その先がいけません。あたしはろくに礼状を書かないのです。書かないのか。書けないのか。どっちにしても、書かないあたしが悪い。

なんだか場所を変えたとたんに、何もかも忘れてしまうような、忘れてはいません、でもそんな気がするんですね。意識も食べものの嗜好も体内の酸性度やホルモンの量も、何もかも変化してしまうような気が。

気にしてるんです。書くべきなのはわかってますから。書かなくちゃ書かなくちゃという思いが、抜きがたいシミのようなかたちで心の中にかたまってしまうわけです。そんならさっさと書けばいいんですが、それができれば苦労はない。世話をした人々には、さぞや、恩知らずの礼儀知らずと思われわたっているだろうと思うと、身悶えします。ときどきふっと数年前の書いてない礼状を思い出しても、身悶え、するのです。

めぐりめぐって、今はあたしが人の世話をしている。人は去って、たいてい、礼状が来ます。はじめのうちは、えらいっ、これでなくちゃいけない、と思っていました。

あたしもこうあらねば、と。しかし時間がたつうちに、少しずつ複雑になってきました。このごろあたしは、礼状が来るたびに、やぼ、ということばを思い浮かべます。

書いてこない人もあります。長いあいだ気づきません。しばらくたって、やっと、あの人どうしたかしら、ちゃんと帰れたかしらと思うのですが、そう思ったときのさわやかさったらない。あたしはその人と関わりを持って、それをすっきりまっとうできたような気がするんですよ。ええ、一期一会。

たまたま縁があって出会った、もう二度と会わないかもしれない人と、ごはんを分けあう。そのごはんの、なんと瞬発力に富み、なんと後腐れなく、なんとなさけぶかく、濃密なことか。長旅の日本人だからってお米切らしてたのをわざわざ買いにいってごはん炊いて、煮物と酢の物とみそ汁かなんか作っちゃって、供する。そのごはんの濃密さには、何年もつきあった恋人どうしのつつきあうお鍋の親密さだって、かないません。

礼状来るな、と、旅人を送りだしたあとで、あたしはひそかに念じるのです。なんだかこのように、他のもっと地道なことも、一期一会的だといいんです。毎日のごはんも。夫婦生活も。家族関係も。家事も育児も、何もかも一期一会、などと。

ディナーにいらっしゃい

問題は、ディナーパーティーです。

なんであんなもの、こっちの人たちはあんなにひんぱんにひらくのか、人をよんでよばれて、ごはんをいっしょに食べなきゃ気がすまないのか、なんであんなに人と議論しなきゃ気がすまないのか、まったくわからないことだらけですが……。

あたしの住んでいるこの地域、この人々のあいだでひらかれるパーティーとは、まあ、よんで数人から十数人か、よばれてくる人もちょっとマシなものを着てくるくらいで、とてもカジュアルです。

交際好きな隣人のローセンバーグさんは、そりゃ旺盛にパーティーをひらきます。あたしたちもひんぱんによばれます。あたしたちはどうも、気が重いんですが、でもそんな機会でもなけりゃ、居ながらにしてロビンソン一家だと自分たちにいいきかせ、しぶしぶ出かけます。お隣なので車に乗る必要もなく、ちょっとお化粧しておしゃれして、それだけなんですが、それだけでも外に出るとはちがうもので、いそいそしてきます。それでつれあいに、「あっ、今日も美人」とかいわれて、簡易食（チキンナゲットにできあいトマトソースのパスタ）を食べている子どもたちのそばをすり抜けて、いざパーティーに。あるいは、けっこう楽しそうに出かけていってるのかも。

奥さんのダイアンは、文化人類学で「料理」を教えていたという人で、おいしいもの、めずらしいもの、不思議なもの、なつかしいもの、いろんなものを食べさせてくれます。食べるだけ食べて、知らない人とのおしゃべりさえなきゃ、と思うのはこっちの勝手か。

よばれてばっかりというわけにもいかないので、たまにはうちでも人をよびます。ローセンバーグさんたちもいつも来ます。あたしが前に日本で作っていた家庭では、パーティーといえばつまり宴会で、飲めや歌えの大騒ぎになったものですが、ああいうことは、ここではありません。

「何を作ろうか」とつれあいに相談すると、

「ジャッパニーズフード。いつも作ってるものでいいよ。みんな好きだし」

ちがうんです。わかってないんです。だからまったく、とあたしは脇をむいてぶつぶつつぶやく。

日本の味を知らない人たちを、日本の味でもてなすのは、どうも気が重い。つれあいも、また常連のローセンバーグさんたちも、とくべつ日本の味を食い慣れている人たちであって、ふつうの人たちは、たまーにジャッパニーズレストランでスシを食べるのが関の山だ。ふだんあたしたちが食べてるようなものを出したら、たちまちあれだめこれだめ、海藻も生の魚もだいこんの煮たのもだめ、しょうゆもだめ、ダイエットしてるからごはんもだめ、なんてことになるわけで。

だいいち、材料もろくにない。なすがちがう。きゅうりがちがう。卵がちがう。砂糖も塩もちがう。肉がちがう。味も形態もちがう。鍋もちがえば、火力もちがう。同じ具合にはどうしてもいきませんから。

もともとあたしの作るのは、ふだんのおかずも、純粋な日本料理じゃなく、日本的な料理でした。それが、このごろ、的が拡大解釈されて、どんどん汎アジア的になっていきます。しょうゆ使ってごはんがあって箸で食べればなんだってあり、みたいに、おおざっぱになっていきます。

こっちのパーティーで、主婦という存在に、基本的に、絶対的に、要求されるものが一つあります。

それは、「台所にひっこんでいられない」

日本で訓練を受けた主婦（あたし）は、これが苦手。日本の文化で、主婦とは、そういうものではない。台所に、気のすむまでひっこんで料理に没頭していてもぜんぜんかまわないものでした。

「日本文化ってのは、妻だけが台所にひっこんで働いてるんですってね、妻とは名ばかりで、まるで使用人だ、ひどい文化じゃありませんか」などという人も少なからずいて、

「そうですとも、ほんとにひどい文化ですよねえ」なんて、あたしもときに口裏合わせちゃったりしていますが、ふふ、内心は、ちがう。あれは、妻を、外界のストレスから保護するシステムと、ひそかに思っています。

パーティーの名手ダイアンのやり方を見てますと、彼女は、パーティーのはじまるかなり前に、準備万端整えてしまいます。ディナーの前にちょっとつまむものまで、

南欧風野菜の煮たやつとかアラブ風ナスペーストとか東欧風豚足ゼリーとか、常備菜的なものをずっと前に作ってある。最初の客がドアをたたいたときには、オードブルも、スープも、メインディッシュも、つけあわせも、ぜんぶできあがってオーブンに入っているか、鍋でぐつぐついってるか。客が集まってきても、ダイアンは終始一貫してすわっていて、飲み物の世話は夫がするから、とにかくしゃべりつづけておればよい。

でも、ダイアンをしてパーティーの名手たらしめているのは、それだけじゃないです。いくらでもしゃべるぞという意欲、しゃべりまくれる語学力と押しの強さと広範な話題、疲れを知らない対人エネルギー。あたしにいちいち欠けてるものですが。

台所にひっこんでいられないという状況に直面してはじめて、あたしは、日本的な料理というものが、台所に終始ひっこんでいないとできない、できたら間髪をいれずに供さねばならない、そういうたぐいのものだということを知りました。煮物、酢の物はともかく、人とずるずる話していて、てんぷらが揚がるか。魚が焼けるか。
ということもあって、どうも、いつも、汎アジア的料理。いえ、もともと、和食作るのがへたなだけなんでしょうね。

そして、他に何を作ろうとこれさえあれば日本的、なのが、ちらしです。

すしおけは、日本からさげてきました。にんじんとしいたけと、れんこんのかわりにかんづめの水煮くわいを使って五目の具を作ります。すしおけにごはんをぶちあけて、すし酢をざああっとふりかけて、ウチワであおいでみせるのがパフォーマンス効果を呼び、

「おお、ジャッパニーズの作る真のジャッパニーズフード」

と人の目をくらましてるところへ、具をまぜ、海苔をふりまき、アボカドとスモークサーモンとエビとだしまき卵を散らして、けんらんごーかというか、こけおどしというか、ジャッパニーズな感じさえ出りゃいいんです。それであとは、おしょうゆと箸さえあれば。

がむしゃらなマッシュポテト

十何年も昔、結婚してはじめて子どもを育てていたころに「両立」ってことばはたしかにキイワードでした。家庭と仕事の両立。妻と母の両立。まあ、つまり、おまえら二倍やれってことです。おおやりましょう、やりましょう、そのかわり大きな顔もいたしますってんでやってきました。がむしゃらでした。このごろさっぱり考えません。死語かもしれない。

世の中には、どうも、がむしゃらにやらない方がいいってことの方がすごく多いっていうことに、気がついたのは、ごく最近です。でもこれは性格で、どうしてもがむしゃらになっちゃうんです。で、他のことはともかく、ごはんだけはがむしゃらに作ってきましたけど。

ところが、このごろごはん作るのがめんどくさい。

どーしてかなーと考えます。

子どもが、ごはん（米のめし）を食べたがるんです。何でもよく食べる子どもたちで、どんな見慣れない、不思議なものでもよく食べ、むしろ口に入りゃなんでもって感じで、がつがつ食べていました。ところがこのごろ、日本食に固執するようになってきまして。ごはんなんて、炊いておくと、四合でも五合でも食べてしまう。

あたしたち、この地でウキクサの生活していますから、子どもたちにはまだ友だちもいません。そのせいかもしれません。日本食。だったらせめて、口だけでも満足させてやりたいと親としては思うんです。友だちのかわりの米のめし。

で、作るでしょ。日本食。しょうゆ味で、ごはんを炊いて。すると、食卓にはもうひとり、イギリス生まれのつれあいがいるわけです。で、なんか、食いちがう。彼は、コース食いをやめられない。

みそ汁を出せば、やはりスープですから、ごはんにもおかずにも手をつけずに、しずかに飲みはじめ、飲みほします。ちがうちがう、みそ汁は、最初に口はつけても、あとはまんべんなく他のものも、といっても彼にはわからない。

酢の物を作れば、つれあいはそれを最後に食べる（イギリスでは、サラダはコースの最後に出るそうで）。「うむ、おいしいサラダだ」とかうなずいちゃって、子どもがくすくす笑うんです、やっぱりどうみてもそりゃサラダじゃなく、酢の物ですから。で、子どもたちは、ちょっとでも日本的なものが並ぶやいなや、しつけられたとおりに、まんべんなく、という食べ方をはじめますから、食卓の上が、ぎこちないというか、てんでんばらばらというか、福笑い状態というか。つれあいがスープ（みそ汁）を飲みほしたころには、サラド（酢の物）はもう残り少なくなっている……それは本質的なことをいえば、あたしたちの家庭の状況そのものであるわけです。

五人の人間が暮らしています。言語の壁もありゃ文化の壁もある。思春期と反抗期という時期的な問題もある。なさぬ仲というトラディショナルな問題もある。それで、家の中は「英語であそぼう」的な状態。ここ一年半、あたしが、ことばも、文化も、心の動きも、食習慣も、いちいち、がむしゃらに通訳、媒介しているといった。そういうあいだにも、「すいませーん、おしょーゆとてくらさーい」と末のトメが大声で叫び、「Don't scream, just talk」とつれあいが、「おみそ汁におしょうゆかけてどうすんのっ」と上の姉が、「ほわっとあーゆーどぅーいん、すてゅーぴっど？」と下の姉が……あたしはしょうゆをトメから守り、トメは金切り声をあげ……食べた気がしません。

「日本食だいすき、毎晩だっていい」といっているつれあいですけど、じっさいよく食べるんですけど、本音のところでは、マッシュポテトにソーセージにキャベツの蒸し煮なんて作ると、とても喜ぶんです。

あたしはポーランドに住んでいたことがあるから、ポーランド料理が多少作れます。そのころは日本文化にのっとってものを食べる男（前夫です）と住んでましたから、ただエキゾチックなだけでしたけど、今になってみると思いあたる。酢キャベツのスープとか、トマトと米のスープとか、キャベツの煮込み、ジャガイモのパンケーキなんていうポーランド料理は、つれあいの育った東欧ユダヤ文化の料理に酷似しているようなんです。祖父母はもともとポーランドやロシアに住んでいたわけだから、当然か。

で、そういうのを作ると喜ぶ。ごはんに肉じゃがより、数倍喜ぶ。風邪をひいて熱があるときに、何を食べたいと訊くと、

「チキンスープにマッシュポテト」

そういう人間が、いくらほいほい食べるからって、毎食ごはんにしょうゆじゃ気の毒だ。

ていうことで、うちは主食ローテーションを組んでいます。ごはんごはんとつづいたら必ずポテト。つづいちゃうんですね、娘たちの希望もありますが、あたしもぼーっとしているとからだがおのずと米びつにむかい、自動的に米を研いじゃう。おそろしいもんです、スリコミというのか洗脳というのか経験というのか、なんていうのか。

ごはんごはんとつづいたら、必ずポテト。焼いたのやマッシュや。それからまた、ごはんごはん、それからポテトとかクスクスとか長いお米とかパスタとか、非ごはんが二日ばかりつづくと、娘が「日本の白い米のめしが食べたい」といってくるので、またごはんごはん……。

じつをいえば、ポーランドにいた最初の一年間、あたしはマッシュポテトが、吐き気がするほど嫌いでした。今は食べます。すごく好きってわけじゃありませんが。つれあいの作ったやつは、おいしいと思います。マッシュ器、これが必要、フォークやなんかじゃ代用できません。渾身の力をこめて、がむしゃらに、マッシュする。マッシュにマッシュをかさねて、じゅうぶん風を送りこんで、油脂（バターやサワークリームや各種のチーズ）や液体（牛乳やチキンスープ）をたっぷりまぜこんで、マッシュしつづけるうちに、色はつやつや、天のはごろものようなふわふわさが出てくる。おいしいです。

それはともかく。ポーランドでも、はじめは食べてました。だってどんなところでもまずマッシュポテトが出てくる。食べずにはいられません。今まで食べたことのないような、こってりした味で、おいしいとさえ思ったんです。マッシュポテトにはいつもディルと脂を煮とかしたとろーりとしたものがかけてあるんですが、そのうち、そのディルが、鼻につくようになって。青臭い、きつい、油じみた、いやなにおいだと思って。そして脂がしつこく感じるようになって、吐き気がじっさいしてきて、食べられなくなりました。

今となってみては、たんにポテトの問題だけじゃないように思われます。異文化に、拒否反応を感じた。それが、「マッシュポテト」にむかって出たんだと思うんです。「マッシュポテト」こそポーランド文化を代表してるように思えたんでしょう。数年後に、こんどは子連れで暮らしたときには、ぜんぜん平気でした。幼児を抱えて、異文化に適応しなくちゃいけなくて、いやだのへちまだのいってる余裕がなかったんです。なんでも食べました。なんでもおいしいと思って、作り方を教えてもらいました。がむしゃらでした。

居ながらレストラン

ごはん作るのがめんどくさいって、前にもいいましたけど。やっぱり今でもめんどくさい。以前にもこんな感じ、感じたことがありますよ。あぶないなあと思いました。あれを感じたら最後のような気がする。

あれは、前の夫と別れる直前でしたが、からだに三本の大きな五寸釘がつきささってるような気がしてました。別に痛いもかゆいもないんですが、五寸釘がぽんぽんぽんっと三本打ってありますと、身動きが取れません。

三本の五寸釘とは、朝食と昼食と夕食です。

三度のごはんを家族のために作らなくちゃいけないっていう思いで、家に縛りつけられて、ああ動けない、息苦しいと、いつもいつも感じていました。

それで、釘を抜こうと思いまして。ごはん作りを前夫とシェアするようになりました。最初はまずかったです、料理なんて小学校の家庭科以来っていう男でした。具なし中華丼とか、てんぷらのようななすのみそ炒めとか、バターに牛肉を溺れさせたようなビーフストロガノフとか……タコ焼きとごはん、なんて日もありました。それを、おいしいおいしいとおだてて食べてるうちにいつしか料理もうまくなりました。

まあいい。昔話は。

今はなんでめんどくさいのかと考えます。飽きたんですね。自分の作る料理に。同じものばっかり作ってるからです。しょうゆ味の、ごはんに合う。

このごろ冒険してみる気にちっともなれないんです。昔は、しょうゆごはん文化じゃないつれあいのことをおもんぱかって、またあたしも異文化に住んでいるっていう緊張もあって、しょうゆ使わないとかごはんを炊かないとか、いろんな冒険をしてみていました。このごろそれがどうにもめんどくさい。男といっしょに住んでるとどうしても陥る「あたしがやるから、あんたはいいから」っていう、母によっぽどきっちり仕込まれたんだと思いますが、とにかく気をゆるませるとつい、従来の日本の主婦的なところが出ちゃって。結果的には何もかもしょいこんで疲れはてる。

見かねて、つれあいが、「料理をシェアしよう」といいだしました。

「たとえば一週間をこんなふうに、ゆー、みー、ゆー、みー、ゆー、チックス、子ども」

チックスというのは、近所の、ローストチキンお持ち帰りの店です。丸一羽におそうざいが二品にトルティーヤがついて一二ドル九九セント（二〇二三年現在は二八ドル九九セント）。けっこうおいしいんです、これが。

で、一日おきにつれあいとあたし、毎週日曜日は、子どもたちをつれあいが指導するということで、料理をはじめたわけですが。つれあいの料理をひとことでいいあらわすならば、理科の実験。

だいたい食べることに貪欲な男なんです。本棚なんて、料理本とコンピュータマニュアルばっか。ロンドン出身ですからインド料理が好きで、前の妻と別れて一人になって、料理をしなくちゃいけなくなったとき、（食べるのは）好きだったインド料理を作ろうと思いたち、本を買いこみ、スパイスをそろえて、インド料理を作りはじめたそうなんです。それがうまくできて、やみつきになってしまった。

アメリカの料理の本と日本の料理の本のちがいはそこにある、とあたしは見ます。

つまりアメリカにはこういう人が多いんです。何も知らないのに本を読んで料理を作ろうという人が。つまり、異文化がごっちゃとあり、その文化で生まれ育ったんじゃない人が本を見ながら作るわけだから、どんなこまかい常識的な部分でさえも勘が働かない。つまり、何をどれだけどんなふうにどれくらいの時間というのが、徹底的に明確にされてないといけない。日本のレシピはそこがちがいます。料理本を読む人なら日本語が読めて、ということは文化の内側で生まれて育って、ということはしょうゆをかければとりあえず何でもおいしく食べられる味覚の持ち主で、これから作ろうという料理の味を経験的に予想できる人ですから、つまり料理の細かな過程も、ある程度見よう見まねというか、勘と経験で、やりすごしてしまえという。

インド料理はまずスパイスです。クミンとかコリアンダーとか、同じようなものをどこにでも入れる。調合の微妙なちがいで、まったく料理がちがってくる。そしてそこには、理科の実験のような緻密さが要求され、一言半句ちがわずにレシピに従う忠実さも要求され、それは、性格的に、つれあいにぴったりでした。

本の丸うつしですから、専門的でゴージャスな料理です。ということは、昔、貴族とかそういう階級の人が食べていた料理っていうわけで、ふだんに人々が食べるような、庶民の家庭の味なんてものはカケラも出ない。彼自身、インド的な背景とは縁もゆかりもないので、家庭の味なんて、食べたこともないわけ。だからどうしてもレストラン的なゴージャスさを追求する。それが、うちの家庭的なふだんの食べるという行為に、とつぜん参入してきたわけでした。

子ども担当の最初の日曜日、パスタが食べたいと注文を出したのはあたしです。あたしが作るパスタソースといえば、オリーブ油で玉葱とにんにく炒めて、トマトソース缶とトマト水煮缶あけて、オレガノがんがん入れて、はいできあがりってやつでして。おいしいんだけど。ときに魚介類を入れ、ときにひき肉を入れる。はははは。かんたんかんたん。何のあとくされもない。こういうの食べてれば、食べる方も、作る人間の時間を食っているという罪悪感を感じないですむでしょ（どーせあの人たちは感じないのか）。人は食べるのみにあらずってな啖呵も切れるような気がするし。

そういうかんたんでまちがいのない料理から教えていくといいんじゃないかと思ったのはあたしでした。しかしつれあいはちがった。連中、本格的にはじめちゃった。

最初の日曜日に使ったのは、『古典的イタリア料理の本質』という本、著者はマルセラ・ヘイザン、イタリア料理のかなりな専門書ですよ、これは。作ったのは、フェットチーネ、ピンクのエビのクリームソースです。

料理に費やす時間は惜しいと思っているあたしと、物珍しいからおもしろいと思っているつれあい。買い物に行って安いものを中心に即席に献立をきめるあたしと、レシピを見てリストを作って買い物に行くつれあい。ほんとに方針が、ぜんぜんちがうのです。

でもピンクのエビのパスタはうまかった。しかも、ごはんだよーとよばれてはーいと行ってみれば、そこにできてるわけで。うちに居ながらレストラン。と喜んでばかりいていいのか、経済的にも心配だし、つれあいは、料理はじめて体重が増えたっていうし。なんたって、つれあい担当の日が子どもの監修もふくめて週に三日、週に三日もふだん食の分を超えて、豪華なおまつり食になっちゃったわけですから。

まー、よかったのはつれあいと娘たちとの関係です。なさぬ仲にことばの壁がつけ加わって、やっぱり少々ぎこちなかったものでした。どんなステップ親子関係を作るかといろいろと考えもし、作ってみなきゃわからないと思ってもいました。それが、料理をはじめてから少しずつ関係性が明確に、壁も薄くなってきたような気がします。

……どうも、シェフとその助手っていう関係が、そこにできつつあるような。

新生児の白目

このあいだから何か頭のすみにひっかかっているイメージがあって、それは、新生児の青い白目なんです。生まれたてのあかんぼの目って、黒目だってそりゃもう、つやつやして、ぴっと皮をむいたらしぶきがぱっと立ったというようなみずみずしさなんですけど、白目ときたら、あんまり新品すぎて、どうしていいかわからなくなって、混乱して青くなっちゃったような、白い雲が蒼天に吸いこまれていくような、そんな青さがあるんです。

あたしは、「ごはん」について、もっと話すことがあるぞって、ずっと、考えていたのです。あたしたちの持ってるごはんにたいする熱意というか情熱、執着、それはうちの家族の中で、日本文化を持った人間なら、末っ子のトメでも持っていて、日本文化を持ってないつれあいにはないものです。

よく日本食を食べるつれあいですが、しょせん他人の文化です。なくたって痛くもかゆくもないらしい。ひとくち、おかずを食べるたびに、ごはんをひとくち、よりそうように、説きふせるように、そっと抱えこむように、口に入れ、融和させて味わうなんてことはないんです。

「うちの家族の米の食べ方は、食べるなんてものじゃない」と、あるときつれあいが、隣人のローセンバーグさん夫婦にいいました。

「米そのものが、食べものという存在を超越してるよ。宗教かもしれない。おまけにショーユは、つけずに飲むんだ、文字どおりごくごくと」

「そうそう、ごはんには神様がいるから」とあたしはいいました。

「神様といってもあなたたちのいう神様とはちょっとちがうけど（つれあいもローセンバーグ夫妻もとりあえずユダヤ系）、神様を粗末にあつかえばたちまちバチがあたるし、あがめていれば御利益がある」とあたしもいいましたさ。

たしかに、子どもたちは、晩に食べ、朝に食べ、昼に食べ、おやつに食べ、ありゃ際限なく食べるんです。

あたしも食べたいんですが、つれあいと家族生活しているわけで、やっぱそれを、ごはんよりも、優先したい。だからほんとはごはん食べたいのに、サワドウブレッドとかオニオン入りのベーグルとか、好きじゃないんですが、お相伴する。外で食べるときは、めずらしいもの、知らないものを食べたいといつも思うので、ごはんへの未練は泣く泣く断ちきるようにしてます。

でもあたしに連れられてここに来た子どもたちには、異文化人と家族やっていくんだという覚悟も、異文化にふれたいという欲望もないわけ。むしろ、ごはんは心のよりどころ、捨てかけた日本文化にたいする最後の忠義奉公、みたいな感じで、子どもたちはごはんを食べる。

つられて、日本文化はビデオのアンパンマンしか知らないくせに、トメも食べる。朝から姉たちといっしょにふりかけごはん、ファストフード店に連れていっても、鶏の照り焼き丼《テリヤキチキンボウル》をあたえれば、ここぞとばかり、がつがつとごはんをかきこんでくれる（ごはんだけ）。ハンバーガーやホットドッグやタコスじゃ、こうはいかない。

で、あかんぼの青みがかった白目ですが。

このあいだ、いつだったかなー、秋ですね、秋ったってここは季節感がないからあれなんですけど、とにかく秋、収穫の時分。日本食品店で、「あきたこまち」、

NEW CROP、新米と銘打ってあるやつを見て、高いなーと思いつつ、つい買った。考えてみりゃ、二〇パウンドで一二ドルかそこらですから、日本に比べたらとっても安いんだと思うんです（二〇二三年現在、五キロで一九ドル九九セント）。

はじめて新米を意識して食べたのは、数年前、米の自由化のあとです。それ以前はばくぜんとお米屋でお米を買って、電気釜でばくぜんと炊いて、ばくぜんと食べてました。これは新米といわれても、どこがちがって何がおいしいのかちっともわからなかった。

味おんちの理由？

まず摂食障害でしょうね、若いころ病んだ。ごはんを食べないことから、ダイエットがはじまったもので。当時は今みたいにごはん食べるダイエットがなかったんです。ごはんさえ食べなきゃやせられるとみんなが思いこんでいて、それでダイエットはじめたのが摂食障害にもつれこんだわけで、長いあいだ、ごはん食べられませんでした。

それにごはんっていうのは、文化や家庭とむすびつきすぎてるような気もして。摂食障害には、文化や家庭にたいする反乱、みたいな性格もありますから、ごはんを食べないってのがまず最初の戦略にもなったわけ。

ごはんは固く炊いたのが好きでした。つまりぱさぱさがりがりになればなるほどいいと、個人的には思っていました。あんまり一般的な味覚じゃないです。だからインディカ米なんて、あたしにとっては究極のお米……と、まあ、感動していた一時期もありましたが、いつのまにかやっぱりごはんはごはん、日本のごはんってところに戻ってきています。

ある時期からお米が自由にスーパーで売られるようになりましたよね。広告に「新米」って。安売りもして。まるで神棚にあがってたのが格下げされて、ただの「食料」になったかのように。それでつられて買いました。ま、購買者としては一般的です。そしたらはじめて、おいしいと思いました。

とにかく。日本でも食べてた「あきたこまち」です。新米だ新米だ、なんて買ってきて袋を開けたら、なんと、お米の色がちがいました。形もちがいました。

「おかあさん、このお米へんだよ」とのぞきこんだ子どもがいいました。

「新米だからね」なんていいながら、あたしも不安になりました。

「だいじょうぶかな、不良品だったりして」なんてね。

なにしろ、お米があのお米色じゃなく、透明で、青みがかっているんです。粒がぜんぶ、そうなんです。そしていちいち丸いんです。その青さが、ちょうど生まれたてのあかんぼの白目みたいだと、思ったわけです。

でも炊いてみたら、ぐちゃぐちゃのねちょねちょ。粒はつぶれて、みじんに砕けてたみたいで。それで遅ればせながら思い出したのが、水加減は少なく、研ぎ方も軽くっていう、新米を炊くひけつ。

どんどん少なく軽くしていって、とうとう水は換えるだけで洗わない、水加減もえっというほど少なくして、やっと正しい新米の扱い方を、会得しました。炊きあがったごはんは、新しく、ぴかぴかで、乳くさくさえあって、つやつやして、ふっくらして、むっちりして、しかも一粒一粒にいたるまではきはき、きっぱりしていて、べたべたくっつくこともなく、粘る重みでひきずられることもなく。

あまりおいしかったので、つぎにまた同じ店に行って同じものを同じ値段で同じように買ってきたんですけど、「新米」って、書いてはありましたが、袋を開けた瞬間にわかりました。もうあの新生児の白目のような色の新米じゃなかったんです。あれほどそーっと、新生児をお風呂に入れるような炊き方をしなくてもよかったんです。

同じ新米が、袋の中で、ほんの短期間に、こうも、古び、おとなび、落ちついてしまうものかと、ええ、人間の新生児じゃこうはいきません。

おぱんといふもの

おいしいパンがない。おいしいパンを食べたい。気がついたら、このごろパンをおいしいと思って食べてませんでした。おいしいパンが、ないのか。いいえ、ここはアメリカ。パンはまさしく文化の基礎だ。どこにでもパンはあります。

「一昔前は、この国にはろくなパンがなくて、大量生産の、安っぽい、なまっ白い、味もそっけもない、ふにゃふにゃのパンしか売ってなかったのだ、だからあんな何段も重ねてサンドイッチを作ってあんぐりと口をあけて食べようって気になるのだ」と一昔どころか何昔も前からこの国に来て住んでいるヨーロッパ生まれの男はそういいます。つれあいですが。

「でも今はどこのスーパーでも、しっかりと焼いた、固くて、ぱりっとして、歯ごたえのある、上等なパンが手に入るからたいへんうれしい……」とつれあいはいうんですが。

英語をしゃべるところで暮らしていると、パンのことは、ブレッドという。パンにくらべてなんと愛想のないことばであるかとあたしは思うんです。

日本語の幼児語では、パンを、「ぱんぱん」という。ぱんぱんたべる？　と、こう、あかんぼに身をかがめて、その乳くさいにおいを嗅ぎながら訊きますと、答えはどうあれ、なんですかそこに、ふわふわの子育てが、子育てのきたない部分も、うっとうしい部分も、泣きたくなる部分も、何もかもとけてってしまうような、そんなふわふわの部分が、立ち上がってくるような気がします。しません？

ぱんぱんたべる？　って。

『セロ弾きのゴーシュ』[*1]に出てくる野ねずみの母親が、おまえたちはパンは食べるのか、とゴーシュに訊かれて、いえ、もう、おぱんといふものは、というんですね。

「いえ、もうおパンといふものは小麦の粉をこねたりむしたりしてこしらえたものでふくふく膨らんでゐておいしいものなさうでございますが」

あかんぼに、ぱんぱんたべる？　って訊くたびに、あたしはあれを思い出します。そしていいたくなります、いえ、もう、おぱんといふものはって。それは、なんだかとてつもなく、想像のつかないくらいいいものにちがひないのです。

あたしはずっとパンが好きだと思っていました。たしかに好きなんだと思うのですが、趣味がちょっとばかり入りくんでます。食べりゃおいしいというものでもない。うんと昔、子どものころは、食パンとコッペパンと菓子パンしか知りませんでした。それからパンの耳を常食にしていた一時期がありました。というのも、もう何度もいいましたけど、あたしには摂食障害だった一時期がありまして、食べるってことを考える上でとても大きいんです。まあそれでそのとき、ごはんもパンも、一切食べたくないものではあったんですが、パンの耳は例外でした。あれは、食べもの、食べちゃいけないもの、太るものの範疇に入らないような気がして。そんなばかな話はないんですが。

ポーランドで暮らしたときは、もうそのときは摂食障害じゃなかったんですけど、政情が不安定で、ものがなくって、固いライ麦入りのパンしか手に入らなくって。そのパンときたら、たいてい古くて、ぼそぼそで、ほろ苦くさえあって、でもそれしかありませんから慣れました。そしてそういうのをおいしくないなーと思いながら食べてますと、新しいのが手に入ったときのおいしさったらなかったです。

一貫してあたしはパンが好きでした。パン屋に行って、トレイもって目新しいパンを買うのってすごく楽しみでした。子どもだましの菓子パンも好きだし、しっかりした田舎風のパンも、ケーキと蒸しパンのあいのこのようなのも、全粒粉のとげとげしいのも、口の中に突き刺さってくるフランス風も、まじめなドイツ風も。はっきりいって、粉にイースト入れてこねて焼いてあれば、なにもかも、とてもおいしいと思っていたのです。で、こっちに暮らしはじめたとき、こっちのパン、つれあいの好きなのは、しっかりと焼きしめた、重たい、シリアスなパンですけれど、それも、とてもおいしいと思って食べていたわけです。不必要に固い、わかば歯科（子どもの通っていた矯正歯科なんです）の先生が泣いて喜ぶようなベーグルも、おいしいおいしいと食べていました。ところがこのごろ飽きてきちゃって。

あたしは今、ある種のパンをとても食べたいと思っているのです。それは、ふわふわで、もちもちの、スポンジとおもちを足して二で割ったようなパンであります。

そしてそれこそ、「おぱん」であるように思えるのです。

アメリカにもやわらかいふわふわのパンはあるんですが、それはふわふわと同時に、どこか、すかすかで、かさかさで、ぽそぽそでもあるのです。そしてスライスしてあるパンなら一枚のスライスがずっと薄いのです。しかも塩加減がちがう。ほんのわずかにしょっぱい、ような気がするのです。微妙なちがいです。もしも生まれたときからここにいたらば、このパンでもおおいにおぱんと思っていたはずなんですが。

　ここで思いあたりました。あたしはどうも、日本で食べ慣れたものだけを恋ひもとめているようです。で、日本では、たとえおぱんであっても、基本的にほかほかのごはんってものを基本に作られているんじゃないかと。

　ああ、そういえば。つれあいや隣人のローセンバーグ夫妻が、以前いってました。異口同音ってやつでしたが、日本に行って、あれっと思うのは、朝食のトーストが（ホテルや喫茶店で食べるやつ）こーんなにぶ厚いのだ、ということです。そういえば、トーストってのは、アメリカでもイギリスでも、薄っぺたいのを何枚も何枚も焼いて持ってきて、しかもトーストたてにたててあったりして、そらぞらしく冷めても、気にならないようなのです。じっさいつれあいも、朝のトースト、冷めてもいっこうに気にしません。食べています。日常茶飯事のごとく。

あのぶ厚い四枚切りくらいの焼きたてを、ぱりっと割ると中がふわーっと裂けて湯気をたてる。あれがトーストの醍醐味と、長いあいだつゆ疑わずにきました。その醍醐味なら、炊きたてのごはんに少々の漬け物とか明太子とかでも、同じように味わえるのかもしれないんです。

　あたしが夢見るふわふわでもちもちな食べ慣れたパンというものに、いちばん近いものはどこで手に入るかというと、「ランチマーケット」というアジア食品専門の、アジアならチャイニーズもベトナミーズもコリアンもタイもジャパニーズも、場所も文化も問わず何だってという、汎アジア的マーケットの中のベーカリーでした。アジアの味はアジア、米を食べる人間に共通するものがあるってことか。

　そこのベーカリーの棚には、タロイモあんを練りこんだパン、あずきペースト（あんこですよ）入りのパン、クリームパン、肉や野菜入りのおかずパンもある。チープなコンビニの味なんです。それでも食べたい。だから食べたい。食パンもあります。四角くて、柔らかくてもちもちで、学校の給食でさんざん食べたような食パンです。チーズ蒸しまであるんですから。で、そういうのを買ってくると、つれあいが、どうしてこんなスポンジみたいなものをパンと称して食べなくちゃいけないのかねえ、などとひねくれたいやみをいうもんですから、むかついて。

＊1 『校本 宮澤賢治全集第十巻』（筑摩書房）

仮住まいの侘び住まい

むかついてもなにしても、あたしは買い物に行かなければいけません。

〈おおきなれいぞうこ〉

子どものころ、アメリカ製のテレビ番組をよく見ていました。西部劇はもちろん（インディアン好きはこのころからです）、パパはなんでも知っているとかルーシー・ショーとか、笑い声の聞こえるホームドラマが多かった、ような気がするんですが、覚えてないんです。覚えているのは、ただ、ただ、冷蔵庫です。

大きい、冷蔵庫でした。

子どもが、むぞうさにあけて、牛乳びんを取り出して、ついで飲むんですが、その牛乳びんの、まあ、大きかったこと。当時のあたしの知っていた牛乳とは、あの、つぐまでもなく飲みほせる、一八〇ミリリットルの牛乳びんでした。それも、毎日じゃなくって、たまに買ってもらって飲む、つまり、ありがたみはないけれども稀少品でありました。

ところがいつのまにか一ドル三六〇円の時代はすぎ、うちの冷蔵庫も大きくなり、あけるとそこには、あのテレビの中のアメリカの家庭の冷蔵庫のように牛乳がずらり。テレビの牛乳はびん入りでしたけど、うちの牛乳は紙パックだ。で、使用後は、洗って乾かして切り開いて、せっせ、せっせ、せっせとリサイクルしてました。

すると、牛乳の消費量が目に見えます。

どうだ、追いついたか、なんて、毎日考えてるわけじゃありませんが、目に見える消費量を見ていますと、たまに思い出します。あの、大きな冷蔵庫。

ところがいざアメリカに来てみると、アメリカの冷蔵庫は、もはや、大きいどころか、倉庫のようである。しかも牛乳は、一ガロン（四リットル弱）入りの容器が二つつながって売っている。こんなもの、コップにつごうとしただけで、ぎっくり腰になるんじゃないかと思うくらいだ。

つるかめ算のような印象でした。

アメリカってところは、いったいどういう強迫観念があって、これだけのやみくもでむやみな消費文化を、つくりあげねばならないのかと、アメリカにやって来たばかりのあたしは、ぼうぜんとしたもんです。

〈日々の買い物〉

いわゆる「すーぱー」に行きます。
ことば使わないですむようなところ。
日本とちがうのは、レジの人が、ときにすごく感じがよくて、話しかけてき、話しこんだりもする。あたしはことばが不自由で、どんなに親切でも話しかけられるとどぎまぎしますから、わざと、連れてる娘ににほんごで話しかけたりして、話しかけられないようにしてます。ええ、いろいろと、生きていくにも、工夫が必要。

で、前の人が話しこんで時間がかかっても、後ろの人は、じっと待つんです。悠長だなー、能率わるいなーとせかせかするあたしは思うんです。でも、もう慣れました。そのかわり自分の番が来て、どんなにもたついても、何も後ろ指さされることないから、おたがいさまです。

どこのスーパーでも、野菜や果物が、自分がほしいのだけ買える……はじめてそれを見たときにはおどろきました。

だって日本では、スーパーでも八百屋でも、野菜も果物も、たいていもう袋づめになってるかざるに入ってるかで、袋やざるは選べても、いっこいっこは選べません。物心つくころからそうでした。ところがここでは、山積みになっている中から、いっこいっこ選ぶんです。そしてじっさい人々は、臆面もなく選ぶんです。つれあいと買い物に行くと、つれあいが、苦虫を嚙みつぶしたような顔をさらに真剣にして、粒のそろったじゃがいもやマッシュルームを選ぶんです。あたしは、選べません。気が急きます。それに、残ったものの行く末も心配で。みすぼらしいいんげんやへこんだりんごやなさけないサクランボばかり残るんです。つい情け心をおこして、

「か・み・さ・ま・の・い・う・と・お・り」

って、手あたりしだいに袋に入れたりしますがね。

次のようなスーパーに買い物に行きます。

自然食、健康志向の店／ふつうの大規模チェーン店／超大規模業務用サイズ専門店／汎アジア食品店／日本食品店

——自然食、健康志向の店

何もかもが、はかり売りです。野菜果物だけじゃない、穀物も、砂糖も、粉類も、乾燥豆も、シリアルも、スパイスも、ケーキの素も、蜂蜜までもがはかり売りなんです。自分で好きなだけの量を買うわけ。不思議でした、最初は。昔は、酒屋とかに行きまして、はかり売りでおみそやおしょうゆを買ってましたから、その記憶と、未来の機能的な健康食にたいする期待と、ごっちゃになるような感じで。

はかり売りだと、メーカーがどこかなんて考えないから、多少、資本主義とか大量生産とかから遠ざかってるような気がして、それで自然らしく感じるのかもしれませんね。

ふつう、こういう店って割高なのかもしれませんが、うちの近所の店は、野菜と果物がどこより安くて新鮮。で、自然志向なんですから、なんかうれしくて、入りびたっています。でもクッキーのようなものは、健康的すぎてまずいんですね。

——ふつうの大規模チェーン店

でも、やっぱりしきそくぜーくーくーそくぜーしき、あたしも一個の人間です。テレビのコマーシャルを見て、あっうまそうっ食べたい、と思うことはある。自然を志向する店は、そういうものはあつかってないので、最寄りの大規模チェーンのスーパーに行きます。どのチェーン店に行っても、どこの店舗に行っても、同じものが同じように手に入ります。全国どこへ行っても、同じようなチェーン店の大規模大型店があり、同じものが同じように手に入るんでしょう。大メーカーの、大量生産の、ポテトチップスを買い、チンすれば食べられる冷凍食品を買い、クッキーを買い、コークやペプシを買い、マヨネーズやケチャップも、ハムもチーズもヨーグルトもチキンスープも、大メーカーの大量生産品を、爛熟するキャピタリズム文明における生活の基本として、買いそろえる。

――超大規模業務用サイズ専門店

　ふつうの大規模大型スーパーとはちょっと規模がちがいます。だだっ広い体育館みたいな場所で、カートも、リヤカーのように大きい。日々使ってる見慣れた品物が、ここではとつぜん巨大化してしまうのです。

マヨネーズのびんはバケツのようで、洗剤の箱は洗濯機を呑みこむようで、キッチンペーパーは二十四個一組で、タバスコはペットボトル大。チキンスープは十二個つながっている。

アリスのようなサイズの混乱。

巨人国の中のガリバーの食欲。

アンディ・ウォーホルのアートであります。

やみくもでむやみな消費文化に、ともするとおしつぶされそうになります。

たしかに、よく食べる子どもの沢山いる家庭なら（うちもそう）、バケツのようなマヨネーズもケチャップも、何万本もあるスパゲッティも、あっというまに消費します。置き場所のことも考えねばならないのですが、アメリカの住宅事情ならできちゃうわけ。

　だいぶ前のことですが、新聞で読みました。日本の大手スーパーが、アメリカ式の、安くて、機能的な、卸売り感覚に（まさにこれです）売場を改造したら、どうも業績が不振であった。それでけっきょく、昔市場で、魚屋のおじさんや八百屋のあんちゃんとやりとりしながら買い物していたような対面式をスーパーの中に大幅に取り入れて、全面再改造したっていうんです。にっぽんのぶんかだなあと。

――汎アジア食品店

　ダウンタウンに近く、アジア系の企業が集まっている地域がありまして。そこに日本食品店もあれば、台湾系の大きなスーパーもあります。たまに、買い出しに行きます。

　台湾系といいましても、品物は台湾系にかぎりません。アジアのものなら何でもあるんです。店内を歩き回るだけで、東南アジア食べ歩きツアーをやってるようなんですが、新鮮で、安いから、さらに愉快です。豚の鼻も耳も足もある。鶏のとさかもひづめもある。あひるもがちょうも、生きた海老や生きた蟹も、魚も、いわしから太刀魚から、小鯛から鯖から、なんでもある。にんげんはなんでも食べるんだなあと、嘆息するそばから、所がちがえば食べるものもちがうんだなあ、と嘆息につぐ嘆息。

　あたしの好きなのは野菜売場。草のおいしげる緑の野原、湿気の多い、モンスーンの空が、目に見えるようなんです。香菜や韮や紫蘇だけじゃない、何か知らない、香りの高い草の葉が、束にくくられたまま、わらわらと茎を伸ばし、蔓を伸ばし、風に揺れている。

ぜんぜん見知らないものと、知っていそうでよく考えてみるとやっぱり知らないものと、すごく見慣れたものが、渾然一体と化しているから、こんなにわくわくするんですね。しかもどれを食べても、「しょうゆ」味と「もちもち」と「つるつる」が根本にあるという安心感もありますし。

で、いつも決まって買うものは、中国製のたけのこのかんづめとくわいのかんづめ。ココナッツミルク。米の麺。タイ製のインスタント麺。ざあさい。雪菜という漬け物。見慣れぬ餅菓子。やわらかいおパン。

豆板醤、オイスターソース、ＸＯ醤その他の非日本系調味料。

韓国製の、ヤクルトに似た、乳酸菌飲料。

――日本食品店

この町でゆいいつの日本語の本屋、旭屋書店が入ってる……それだけでもう、行く価値はあると思う。

やっぱりお米がちがうのです。いいごはんの炊きたてを少しのつくだにや漬け物で食べますと、「ああ、無垢な心です。ねとねととまつわりついてくるのも、自分は愛されているということをつゆ疑わない無垢さなんですね」などとコメントしたくなりますよ。近所のスーパーで買うお米には、そんな無垢さがありません。まつわりついてもこないのです。

日本食品店にある「あきたこまち」なら、少々高いが、無垢な心でつやつやしてるものですから、お米はそれを買うことにしている。

酒。みりん。酢。だしの素。かつぶし。海苔。ひじき。こんぶ。めんつゆ。しょうゆ。みそ。なっとう。豆腐。ふりかけ。さしみ。ぎょうざの皮、日本仕様の薄いぎょうざの皮が好きなので。

そば、そうめん、うどん。ごぼう。れんこん。カボチャ。なす。きゅうり。だいこん。

地元のきゅうりは太くて水っぽくて種があり、地元のなすは太くてえぐい。地元のだいこんは、細くて辛い。日本国内に、昔は多々あっただいこんの種類が少なくなっていってほとんど青首だいこんだけになってしまったと以前テレビで見ましたが、その廃《すた》れた品種しか手に入らないと、あの甘い青首だいこんが食べたくなる。

薄切りの豚肉や牛肉。ええ、もともと肉食の社会には薄切りというけちなものはないのです。お肉は、みんな、こんなごっついかたまり。でも、薄切りがないと、すきやきもしゃぶしゃぶも八幡巻きもハヤシライスも作れません。

高いけど、必要なものばっかりです。……レジで待ってると、子どもらが、「おっとっと」とか「きのこの山」とか「キャラメル」とか、昔食べたなつかしいものを、ぽんとカートに入れていきます。

〈異国の空から恋ふるもの〉

青葉のまぶしいころのかつおのさしみ。

すごくおいしいお蕎麦屋のお蕎麦。

すごくおいしい天麩羅屋の天麩羅。

地鶏の卵（できたら生協の）の生卵かけごはん。こっちの卵は、黄身がいやに白っぽいんです。その上「あつかったあとは手を洗ってください」と注意書きがしてあるんです。

夏の夕方の浅漬けのぬかみそきゅうり。

冬のおでん。こたつのうたたね。

雪のように重たげな白砂糖（ここにはグラニュー糖と粉砂糖しかありません）。

でもやはり、なんといっても、和菓子と洋菓子。

和菓子はいうにおよばず、洋菓子は、おかしいと思うでしょ？　なんたって西洋に住んでるんですから、そこらで買えるお菓子はみーんな洋菓子にちがいないんですから。ところが何を買っても、チョコレートファッジブラウニーも、キャロットケーキも、シナモンロールも、アップルパイも、チーズケーキも、いちごのショートケーキでさえも、ドーナツやクッキーなんて駄菓子でも、日本のものとはぜんぜんちがう。甘くて、くどくて、しつこくて、重たくて、おおざっぱに作ってある。

食べますよ、それでも。

酒飲みが、依存症ということになると、手に入るアルコール飲料ならなんでもいいように、あたしは真剣な甘党ですから、なんでも食べます。しかし食べながらも違和感をおさえきれないのです。あの、さくらもちだの、うぐいすもちだの、四季の花の練り切りだの鹿乃子だのという、和菓子が心の支えだったあたしとしては。

あたしがうれし泣きしながら食べているもらいもののようかんを、つれあいが、「ただ甘いだけ」と称していいます。その口で、甘くてくどくて胸やけしそうなニューヨーク風チーズケーキやチョコレートソースのたっぷりかかったチョコレートファッジブラウニーを、「おおこれは、邪悪だ」（甘くておいしいものにたいするほめことばの決まり文句）とつぶやきながら食べている。その味覚が、あたしには、よくわからないのです。

日本食品店の近くに、日本人が経営して、日本人のケーキ職人のいる「ケーキ屋」があります。とうぜんながら、日本のケーキです。日本にいれば、町のケーキ屋でごく自然に買って食べられる何のへんてつもない和風洋菓子。ひそかに繁盛しているようすです。もちろん客は日本人。

それから、季節感。

あたしたちの住んでいた九州の熊本では、冬のきゅうりは（スーパーには売ってましたけど）食べられたもんじゃなく、夏のきゅうりは、いきいきつやつやしておいしくて安かった。いちごは、上の娘の誕生日は旬のいちごでケーキが作れるのに、ほんのひと月しかちがわない中の娘の誕生日にはもういちごがろくになくなってしまって、バナナとかメロンとかで作っていたものです。白菜にもみかんにも、すいかにもさつま芋にも、旬ってものがありました。旬になると飽きるほど食べ、旬がすぎると食べなくなる。

ところがここでは旬がない。品質も値段も、いつも、一定しているのです。一年中りんごは山積みでも、春にもなるとなんだかいきおいがなくなってきますから、秋の新物がまちどおしいねーなんていってると、「チリから新物入荷」なんて、しゃきしゃきのが来る。チリが終わればまた世界のどこかから、またどこかから、つぎつぎに食べごろのが運ばれてくる。もう、まるで、時差ボケ状態です。始末に負えません。時間だけじゃない、季節単位でボケてしまって。

子どものころディズニーの『わんわん物語』を見てまして、雪のふぶく夜中に夫が妊娠している妻のために、「ダーリン、ほんとうにすいかが食べたいのかい？」なんていいつつ、すいかを買いに出ていくシーンがありましたが、子ども心に、あんなばかなことあるかと思ってました。でも、すくなくとも現在のカリフォルニアなら、吹雪だろうと真夜中だろうと、砂漠だろうと海辺だろうと、スーパーは二十四時間営業で、すいかは春夏秋冬そこにあります。

アメリカぜんたいがこうなのか、カリフォルニアがとくべつなのか、あるいはぐっと譲歩して、熊本をのぞく全世界的な傾向なのか、それは知りません。

ほんの三キロ、欲をいえば五キロ

やせようかと思いました。だいたいこのごろ太りぎみ、あーあいやだ、太りぎみだなんて、自分に使いたくない筆頭ワードですね。別に、太ったとか、そういうわけではないんですって。なんといったらいいのか、ちょっと重たいというか、肉がついたというか、ぶよぶよ、丸くなった……同じことか。子どもたちには、「スタッフト・おかあさん」と陰口をたたかれています。スタッフト・アニマル（ぬいぐるみ）のもじりです。いつだったか、上の娘におなかをさわられまして。それ以来、ほんの三キロ、欲をいえば五キロ、体重を減らしたいと思っています。ずっと思っています。このごろ毎日思っていますが、いっこうに減りません。重たくなる一方のような気がしています。しかしいったいあたしの過去に、ほんの三キロ、欲をいえば五キロ、体重を減らしたくなかったことがあったか？　ありませんでしたよ。やせなきゃという、オブセッションに取りつかれているような人生です。

昔、前の夫に、いわれました。おまえの体重は「瞬間最低体重」だって。不思議なもので、いや、十何年もいっしょに暮らした相手ですから、思い出すのは別に不思議でも何でもないか。で、よく前の夫のことばを思い出します。

いちばんやせた、というか少ない体重を記録した瞬間、自分の体重はそれだと思ってしまって（それが「瞬間最低体重」）、あの体重にもどらなくちゃといつも心のどこかで思っている状態。ほんとのあたしは、ここにいるのに。ここにいて、もうちょっと多い体重を持っているんです。

ほんの三キロ、欲をいえば五キロとあたしは今いいましたけど、この数字の根拠はどこにあるのか。二十何年も、ほんの三キロ、欲をいえば五キロと唱えてきたもので、それがお題目のようにしみついちゃっている。本当のあたしの体重からいえば、ほんの五キロ、欲をいえば一〇キロ、かもしれない。ほんの一〇キロ、欲をいえば一五キロ、かもしれないんです。現実を見ずに生きてるってことは、あの、ゆうめいな、魔法の鏡と同じですよ。である日、鏡がふと現実的になったとき、おきさきは、殺意に燃える。

ところが。やせなくちゃーという思いに、どうも実感がともなわないのです。やせなくちゃーと思っても、思うそばから台所に行って何かつまんでいるんです。やせなくちゃーと思うのも、昔あんなに、やせなくちゃーと思っていた、あの恋ひこがれるようなオブセッションの名残で、むりやりそう思っているような気がするんですね。なんか、リアリティがないんです。鏡を見て、ああぶ厚くなった、となら思います。

ぶ厚くなっているというのは、これはリアリティ、現実というやつ？

今、うちにある体重計はパウンド計で、重りを動かす手動タイプ、乗ればたちまちコンマ二のキログラムがデジタルでという、日本で愛用していたタイプではない。だからどうも、信じられないのです。

それじゃ体重計っていうのは、はかるはからないの問題じゃなく、信じる信じないの問題だったのですね。

そうです、日本で愛用していたのは、じつは、理想体重がはかれる体重計でした。床のある一点に置きますと、どこではかるより軽くはかれるのでした。体重計と、体重をはかる人間との信用関係があったような気がします。

五、六年前に、ものすごくやせました。ダイエットというわけじゃなく、離婚だ恋愛だ何だと身辺が忙しくて、なんだかもう、ごはんなんかまともに食べていられないってときでした。前にもいいましたけど、からだに三本の大きな五寸釘がつきささってるような生活がいやでいやで、ちょっと根本を、つまり食べることをやめにしたいという気にもなっていました。

食べないからみるみるやせましたが、「へび女」にもなりました。つまり、もう若くない時期に急にやせますと、しわが寄るの寄らないのって。顔もからだもしわしわになりまして、ま、本人はやせたんですから有頂天で、人からもう少し太った方が、といわれても、何いってんだかってなぐあいで聞き流していましたけど。年取ってからの急激なダイエットはするもんじゃないってのが、今は座右の銘というか。家訓にしたいくらいです。

スタッフトといえば、思い出すのが感謝祭のターキーの「スタッフィング」。ターキー、じつは感謝祭だけじゃなく、クリスマスにも新年にもふだんの日にも、アメリカの人たちはのべつ食べてるんですけど、もともとターキーにスタッフトして焼いた、そのつめものがおいしいからっていうので、別に作ったものが「スタッフィング」。ちぎったパンを、野菜や干し果物、種種雑多なものと妙めてオーブンで焼くんです。

ねちょねちょしてかりかりして脂っこいです。ターキーってどうもぼそぼそで、面白味がないのですが、そこにグレイビーをどろどろにかけて、ねちょねちょでかりかりのスタッフィングといっしょに食べると、おいしい……こうやって食い気が抜けないからやせるわけもないか。とにかくスタッフト。このごろは、いわれてもいわれっぱなしでした。三人目のトメを産んでから累積的に体重は増えていきます。体重計は信用なりませんが、重たくなっていくのは自分でもわかる。でも焦る気になれないのは、きっとTシャツのせいです。

ここでは、気候的にも文化的にも、Tシャツ一枚で堂々暮らせる。何より困るのは、いつもTシャツ一枚で暮らしてしまうということです。しかも車です。どこへ行くのにもTシャツ一枚で、すっと車に乗りこんで、どこへだって、かるがるとそのまんまの感覚で。ヤドカリがヤドごと動き回っているような感じ。自分のカッコを人目にさらすということもないのです。で、Tシャツ一枚でどこへでも。さらに、だぼだぼのXLサイズを着慣れてしまうと、もう、自分のリアリティ（つまり太った肉体のこと）は意識の奥の方へ追いやられてしまって浮かび上がってこない……。その上、まわりの人間が、ここではたいてい、あたしよりはるかに巨大で、重たく、ぶ厚い人ばっかりで、その中に混じればあたしなんて、という思いがあるからです。英語では、シミもそばかすも、フレクルズと呼ぶ。つまり、赤毛の子どもが鼻や腕に散らしているあれも、あたしみたいな東洋人のおばさんが気にしているこれも、さかりをすぎた男の腕や背中に染みついたあれも、どれもこれもをフレクルズと呼んで、中年女の顔に浮き出るこれだけを差別したりはしないわけです。

「あれ」とあるとき男（友達。恋人ではない。だって恋人なら、あたしが気にしてるの知ってますから）が、親しみをこめてあたしの顔を見て、

「フレクルズがある」

なぐり倒したくなります。

「気にしてるんですよ」というと、

「なんで。キュートですよ、すっごく」

ははは、キュートとは。そういうことばにはいつまでたっても弱いです。年を取れば取るほど、ますます弱くなるような気がします。それでいっそ、このままこれをフレクルズと呼んで（スタッフトな肉体ともども）シミだったことなんて忘れていようかと。いつか、日本に帰るまで。

ジャガイモ以前

中の娘が中学一年です。それが週末、世界史の宿題で、中世ローマの農奴の食生活を実践していました。世界史のクラスは授業の方法が大胆といおうか、フィールドワーク的といおうか、アラブのことをやっていたときはアラベスクの模様を作っていたし、日本のときは、大名がサムライを募集するポスターを作っていました。で、今は中世のローマで、娘は農奴です。

先生から配られた食べられるもののリストによれば、

「パン、米、卵、肉、あんず、りんご、なし（かんづめはだめ）、牛乳、チーズ、ミートパイとアップルパイ、バター、リーク、玉葱、にんじん、えんどう豆、パセリ、ビーフとチキンのスープ。ただし、塩は、裕福な人たちしか使えなかった。香辛料は、タイムの他は、一切なし。砂糖は不可。甘みは蜂蜜だけ。サンドイッチはこの時代にまだ発明されていない。手のこんだグルメ料理はだめ」

それでうちの農奴は、こんなふうに食生活を、くりひろげました。

〈土曜日〉

朝食　パン（白いフランスパンなんてあるわけないじゃん、農奴なんだからー、と姉にいわれながら）に、バターと蜂蜜をたっぷりぬって、冷たい牛乳とともに（冷蔵庫で冷やした牛乳があるわけないじゃん、と母もひそかに思った）。

農奴の感想「けっこうおいしいじゃん」

昼食　ローストビーフとパンとバター。農奴以外は、サンドイッチで。

農奴の感想「ローストビーフっておいしいよね」

夕食　ローストチキン（タイムだけ）。オニオンスープ（玉葱とバター、ビーフスープ缶）。えんどう豆（冷凍）を蒸してバター味。家族はマッシュポテトだったけど、ジャガイモは一四九二年コロンブス新大陸発見以降ヨーロッパに広まったものなので、農奴はパンを食べた。デザートは、りんごとなし。

農奴の感想「塩使わなくてもおいしいもんだね」（じつは、スープ缶は塩入り）

〈日曜日〉

朝食　パンケーキ……日曜の朝はいつもつれあいがパンケーキを作る。小型の薄いふわふわのやつで、メイプルシロップにひたして食べる。農奴も食べたい。おりしもエリザベス朝時代の食生活について調査していた姉（英語の課題。今、『ロミオとジュリエット』をやっているので）が、「エリザベス朝には、もう、日曜日の朝に、パンケーキを食べてた」というので、ついに、農奴は、粉と卵と牛乳（それなら中世のローマにもあった）を使ってパンケーキを独自に開発してしまった。それを「森に行って取ってきたつもり」（じつはスーパーのパック入り）のブラックベリーと蜂蜜とバターで。

農奴の感想「メイプルシロップで食べるよりおいしいかも」

おやつ　大きいアップルパイ。買ってきたやつなので、たしかに砂糖が入っていると母は思うが、農奴はしらばっくれて。

昼食　つれあいがキッシュ・ロレーヌを作った。粉とバター、クリームと牛乳とベーコンとハムと卵。材料的には無理はないので、農奴の母がご領主さまのお館で働いていて、台所からくすねてきたという設定で、食べた。サラダのアスパラガスは、百科事典でしらべたら南欧原産、ならいいやっていうことで、これも食べた。

農奴の感想「領主はいいものを食べている……」

夕食　スープ（にんじん、リーク、パセリ、えんどう豆、チキンスープ）。パンとバター。デザートはアップルパイ。アップルパイといえばバニラアイスクリーム添えだが、農奴なので、あえて、添えない。

農奴の感想「けっこうおもしろかったし、べんきょうにもなったけど、もうそろそろふつうの人の食べるものを食べたい」

　ジャガイモとトウモロコシとサツマイモとチリとカボチャとバニラとチョコレートが、新大陸原産である、ということはコロンブス以前はヨーロッパになかったのだ、ということを、十二、三年前のあるとき、突然、知りました。がーんときました。自分がヨーロッパ西洋料理と信じていたものがてんで裏切られていたような、まっくらな深淵をのぞき見たような、たかが食べものですけど、まあがーんと。それからというもの、ジャガイモを食べるたびに、コロンブス以前のヨーロッパの人間はいったい何を食べていたのか、とあたしはいつも考えます。とくに今のつれあいといっしょになってから、そのジャガイモの愛し方に、まるであたしたちがお米とおしょうゆを愛するのと同じような情愛を観察していますから、よけいです。あの愛着が、ほんの二、三世紀のあいだにがーっと蔓延したものなのかと思うと、なんかうそみたいで。日本にお米とおしょうゆが伝わったのはいつなのかと思わず不安になるんです。

　ブリューゲルの『農民の結婚』という絵があります。この絵をじっくりと見ますと、ますますいろいろと考えます。ええ。ジャガイモ以前の食べものについて。絵の中で、男が二人、お皿のならんだ台を運んでいくんですけど、そのお皿の中身は？

　黄色いお皿もあれば白いお皿もある。あたしは、スープかと思ったのです。ところがそれを持っている人が、お皿を四五度かたむけている。しゃびしゃびのスープならたまりません、おっとー、と思わずぞうきんを探したくらい、かたむけている。そればかりか手前では、子どもがひとり、ほとんどお皿を縦にかかえて、ひとさし指ですくいながら食べています。あたしの母が、魚が残ると、ほぐして葱と唐辛子とみそとで練ってお皿に塗りつけて、魚焼きグリルの火で上から焼きつけて焦がしたのを作ってました。酒のさかなにいいって母は作るんですが、うちは誰も飲まないので、結局ごはんで食べるんですけど、あれを思い出すんです。しかしそんなものであるわけはないんで。

いったい何を食べてるんだとあたしはその絵を見てしみじみ考え、その後も、ジャガイモを食べるたびにその絵を思い出して考えて、あるときつれあいに相談を、いえ、相談するほどのことでもないと思いますけど、話しましたら、あれはパイかポリッジかプディングのようなものじゃないかといわれました。つまり、ポリッジもパイもプディングなものも、大昔からヨーロッパの食生活にはあったというんですね。「豆のポリッジの熱いの、豆のポリッジの冷めたの、豆のポリッジの鍋の中に九日間入っていたの」という歌がありますが、あれですよ。「Georgy《ジョージー》 Porgy《ポージー》 Pudding《プディング》 and《と》 Pie《パイ》[*1]」という歌もありますが、あのプディングとパイです。「おなべや、おかゆ」というグリムの話もありました。

　ヨーロッパの昔の農家を見たことがあるんですけど、かまどが、壁いちめんに、まるで仏壇のように、でーんとはめこまれていて、それは部屋をあたため、オーブンとして働き、直火で煮炊きもできるわけ。じっくり、とろとろはお手のものだが、じゃーっと炒める強い火力はないから、ちんじゃおろーすーやちゃーはんは作れない……食べものもさることながら、あたし、ジャガイモ以前の、そんな時代の、暗闇っていうのは、どれだけ暗いか、それもよく考えます。暗闇、暗かったと思うんです、それはもうものすごく。その暗さも、その臭いも、湿度も、想像してみることがあります。

＊1 『マザー・グース』

浪漫的

友人知人に、食通、料理研究家、フードライター、健啖家、大食漢が多いものですから、ついつい、そんな人たちといっしょになって、食べものの話をします。子どもを養わなくちゃいけませんから、ごはんもせっせと作ります。小器用なもんで料理もけっしてへたじゃない。しかしあたしには、致命的な好き嫌いがあると気づいたのは、ついこのあいだのことでした。しかも日を追って、好き嫌いが激しく、ほとんど偏食に近づきつつあると気がついたのはさらに最近のことなのです。いつのまにかあたしは、ふりかけしか食べない偏食幼児か枯れ果てた老人のような食生活を、したがっていました（でも、場所の関係で、どうしてもできません）。

アーニャ某というフードライターが、取材旅行の話をしていました。南米からトルコ、中近東のレストランを経めぐって、こんどは東アジアに行くのだ、などと。で、ふと、訊きました。「食べられないものはないの」

へ？

みたいな反応を一瞬してから、「ない」と力強く彼女は答えました。

土地の人はおいしいと思っていても、異文化の人間からしたらげろげろってものがあるはずだ、とあたしはいうんですが、「ない」と彼女はいうのですよ。プロはすごいと思いました。

友達の枝元某という料理研究家に同じことを訊きました。彼女も「ない」。せめてあんまり好きじゃないものとか、と訊きますと「げてもの」と答えました。じゃ好きなものは、と訊きますと「野菜」と。

赤塚某というフードライターに、嫌いなものは、と訊きますと「まずいもの」、好きなものは、と訊きますと「おいしいもの」……。

つれあいは、「ナットーとヤマイモなら、二度と食べたくない」と答えました。料理に関してはプロじゃない、ただの健啖家というだけの彼の限界がここにあったわけです。しかしあたしの限界は？

好き嫌いの多い生涯を送ってきました。

子どものころからにんじんが嫌いでした。今でも無意識のうちににんじんは使いません。カレーにさえときどき入れるのを忘れます。子どもに取りわけてやる分には、無意識ににんじんを多く入れ、無意識に自分の皿に入れません。梅干し、酢の物といったすっぱいものも嫌いで、塩辛、からすみ、わさび漬けといったおとなの食べものも嫌い。脂っこいものも獣肉も臓物もだめ。カレーもステーキもハンバーグも好きじゃないし、芋類も食べません。背の青い魚は、塩焼きも味噌煮もしめたのも、身ぶるいするほど嫌いです。じつは、酒も飲めません。ワインをグラス二杯、ビールなら一杯、それ以上の必然性は感じません。下戸というより本格的に甘党です。見えないわね、と日本でみんなにいわれます。アメリカでは、英語を人前でろくにしゃべらないので、攻撃的なのんべには見えないようです。

これだけ嫌いなものがあれば、けっこうどこに行っても、食べものに困ります。しかし何といっても、嫌いなものの筆頭は、チーズです。アメリカで、チーズ嫌いは生きづらい。昔はこんなじゃなかった。すっきりした固めのチーズやカマンベールなら食べていたのは十年前です。今はそれも、げろげろ、です。

まったく昔はこんなじゃなかった。よその土地に行って見知らないものを食べるのが人生の目的と思いこんでたときもありました。旅行にレトルトごはんとインスタントみそ汁を持っていく日本人を、内心けいべつしていたものです。

数年前モンゴルの草原を見にいったとき、ヒツジの解体を手伝いました。人々が皮をはぎ、血をバケツにすくい、腸をこそげるそのあいだ、あたしは死んだヒツジのなま温かいおしりを手でつかんで押さえていました。その手は洗いましたけど、モンゴルにいるあいだ中、帰ってからも、手にもからだにも、ヒツジの血と脂肪のにおいがしみついてるような気がしてました。旅行に疲れて、同行の日本人たちは、食卓に出るものすべてに持参したしょうゆをかけていました。かけさえすれば、食べられるのです。見知らない土地で見知らないものを食べるのがポリシーのあたしは頑としてかけませんでしたが、血と脂肪のにおいが鼻について、結局何も食べられませんでした。でもおなかがぜんぜんすかなかったのは、血と脂肪のにおいに酔っていたからだと思います。

チーズといえば、子どものころ愛読した『アルプスの少女』。ハイジがおじいさんの山の家で、チーズをくしにさして火であぶって少しとかしてパンにのせて食べるんです。あれがとても食べたかった。チーズのことなんか何も、知りもせず。ん。

食後、白ワイン飲んでいた人も赤に切り替えて、木のボードにのせたチーズを大きく切り取る。あれだけ食べてまだこんなくどいものを食べるのか、とあたしは内心思うのに、つれあいも、ローセンバーグさんたちも、ああいいチーズだ、えくせれんと、どこで買ったなどとうれしそうにささやきあう。その楽しみをあたしは共有できません。どんな微量なチーズでもたちどころに感じとって、げろげろ、と思うのです。ハイジのチーズだって、こんなに臭いと知っていれば、あこがれやしませんでした。

チーズが嫌いになればなるほど、しょうゆに依存する気持ちが強くなっていきます。あたしはもうすぐ、四十四歳になります。年を取るにつれて、食生活の好みが、ごはんとしょうゆに偏っていきます。

今日は、友達が子どもたちを全員ピザ屋に連れていってくれたすきに、つれあいとレストランに行きました。おすし屋かベトナム料理か（あたしはベトナム料理が好き）イタリアンか（チーズさえ入ってなければイタリアンも好き）いろいろと迷って、フュージョン系のレストランに予約入れてもらいました。おすし屋に行きたかったんじゃないのというつれあいに、どんなにおいしくても知りつくしたものを食べるより、予想もつかないものに出会う楽しみでわくわくしたい、それがたまさかのデートであり、ロマンというもんだとあたしは説明しました。ぎとぎとのじゃがいもパンケーキにしつこいスモークサーモンと生臭いキャビアと高カロリーのサワークリームをのせたのに、くどいかぎりのココナッツミルクでこってり煮込んだチキンとエンゼルヘアパスタ。だいぶ残してしまいました。

何かご意見がありましたら……という紙が勘定書のわきについてきて、「こんなもの誰が書くんだろうね、なんか書いたらそのとおりになると思う？」などといいながら、ふと、「テーブルの上にしょうゆが置いてあったらいいのに」とこのごろいつも思っていることをあたしがいいますと、つれあいがふざけて書いてしまいました。

「私の日本人の妻が、料理はたいへん満足できるものだったが、テーブルの上にソイソースがひとびん置いてあれば、さらにすばらしいものになるだろうといっています」

ロマンチックな夜でした。あたしは、朝まで、胸やけしてました。

ときどき、口に合わない、くどいものを食べて胸やけするのは、人生の上ですごく大切だ、と感じました。

有女友達、自遠方来

某所で人生相談をやっていまして、毎週それに答えているうちに気がついた人生のひけつがあります。

（声をひそめて）変人になりゃいいのです。

変人です。

質問してくるのはだいたい若い人なんですが、ま、よくもこう、同じ悩みをとっかえひっかえ飽きずに相談してくるかと思うほど同じ悩み。つまり、孤立している、人づきあいが苦手、自分がどうしたいのかわからない、みんなに好かれたいが好かれない、自分らしさが出せない。煎じつめれば、みんな、「あたしはあたしよ」という開きなおりが持ててなーい。うちの中でも、上の娘が、ときどき同じことをいっています。

なまじ人に好かれたいと思うから人づきあいがむずかしくなるんだ、人に好かれようとしなけりゃいいんじゃないの、といいますと、そんなかんたんなことじゃないとむかつかれます。でも考えてごらんなさい、ふつうに生きていくなら、恋人一人、友達一人、いればことは足ります（友達が恋人をかねたら一人ですむ）。その二人（ときに一人）を大切にして、あとは誰にどう思われようとかまうこっちゃない。昔の人はいいました、「すいすいすーだららったすらすらすいすいすい」……名言であります。という生活を、人に回答するだけでなく自分でも実践してましたら、おのずと生活が、にぎやかな社交的なところから離れていって、どんどんあたりは薄暗く、人けがなくなってきまして、かすかにふくろうの鳴き声が、ほー、ほー。電話も途切れ、FAXも来なくなり（eメールが蔓延したせいです）、手紙入りのびんも流れつかなくなり（潮の向きが変わりました）、巌窟王か俊寛かって感じになりまして。

娘たちもこの侘び住まいにすっかりなじんでしまって、外界を知らない。若さがない。声をあわせて歌ってるのを聞けばヘンデルだったりして、青春をロックしたあたしとしては、ヘンデルなんか歌うなー、もっと若者らしい歌はないのか、というんですけど、すると、これしか知らないんだもん、という可哀そさ。

こんなあたしにも、女の友達がいます。ときどき遠方からやって来ます。

四十四年間まっ正直に生きてきたら、ほぼ十年にひとりの割合で友達ができまして、44÷10＝4.4人、友達がいる勘定、一人いりゃことは足りるといっていた手前ちょっと多すぎますが、その誰とも滅多に会いませんから、これでいいのか。

男の友達もいますが、友達は女にかぎると思っているあたしの心は、とても狭い。以前性的な関係を持っていたけど今はさわやかに友達づきあい、という男友達もいます。それはそれで女友達とはちょっとちがった気のおけなさがあるんですけど、たまに、ぐつぐつ煮えるお鍋を見つめていたりしますと、忘れていた昔の情事がぷかあっと表面に浮かびあがってきてむかついてくるのですよ。近けりゃそのまま駆け出してって、握りしめたおたまで殴りつけてやろうかとさえ思うんですが、遠いもんですから、とりあえず、おたまで、お鍋を、かきまわします。

このあいだ、女の友達が一人、ひさしぶりに遊びに来まして。彼女とあたしは、あたしの家族や家庭生活ごと、思いっきり自堕落に、数日間を暮らしました。

つれあいは、友達が到着したその日に、所用で、飛行機に乗ってヨーロッパに行ってしまったのです。もはや帰ってくる気遣いはありませんでした。

つれあいがいないと、ベッドルームはトメとあたしだけ。一晩中電気をつけっぱなしても、ベッドの中でもそもそ動いても、誰も文句をいわない。ふわーっと自由に（ひとりに）なったような感じでした。

友達が来る前は、いっしょにあそこに行こうここに行こうと、レストランもショッピングも計画をたてていたんですが、来てしまったら、自堕落におぼれました。浜辺をだらだら歩いて、露天風呂（庭のジャクージです）に浸かって、星を見て、酒を飲んで、なんか、湯治場気分でした。日本語を一日中しゃべっていたって、いいんです。何も気遣わなくていい。お風呂からあがったら、べろべろハダカでいていいんです。

毎日適当に食べていました。ごはん炊いて、冷蔵庫の中の密閉容器に入ったものを出して、ツナマヨネーズの残ったのとか、つくだにのちょっとずつ残ったのとか、梅干しにかつぶしを混ぜたのとか、じゃこの煮たのに山椒の粉をいっぱい振ったやつとか、お箸で、密閉容器から直接、ちょいちょいとつまんでごはんにのせて食べちゃった、なんていう日もありまして。皿いらずの、お箸とお茶碗だけ。あたしたちが使えば、お茶碗とお箸も、ひらりひらりと動くものです。したかったんです。こういう生活。食べたいときに食べ、寝たいときに寝る生活。料理は友達がしましたが（それが友達の商売なので）、ごはんを電気釜に仕掛けたり、洗いものをしたりは、気がついた人がする、という原始共産制みたいな。原始共産制ってなんなのかよく知りませんが、そんな感じじゃありませんか。それで、掃除は、いちども、しなかったです、はははは。

こういう生活は、つれあいがいるかぎりできませんでした。男臭いからです。お箸も、つれあいの愛用してるのは重たくて黒いお父さん箸だし。その男臭さにひきずられて、よけいなことを考える。残りものじゃ晩ごはんが成り立たないような気がするし、ずるずるすすらないようにするし、肉じゃがにコーンサラダにごはん、なんてメニューは作らないように気を遣うし（じゃがいもとごはんとコーンは、それぞれでんぷん質のつけあわせなので、いっしょに食べる気はしないそうなんです）。

つれあいの西洋文化にはばまれているのかと考えましたけど、ちがいます、そんなもの以上に、家庭の中で男をたてまつる日本の家庭の女の文化がはばむのです。

長らく、うちの中の男てふものに、ひきずられていました。男が家の中にいるだけで、それが父でも、前の夫でも、今のつれあいでも、あたしはいつもなにか意識していました。男臭さを嗅いでいたのか。リキを入れてごはんを作りました。男がいないときは、母とあたしと娘たちとでも、母とあたしと娘たちとでも、いつも手抜きでした。食卓も手抜きなら、お風呂上がりのくつろぎ方も、生理用品の置き場所も捨てようも、手抜きしてましたよ。

きちんとした家庭を維持するにはきちんとした男が必要で、きちんとした男が維持するきちんとした家庭にはきちんとしたごはんが必要。なんてふうに、思いこんでいたような、あたしのふるまい方です。いえ、ただ漠然と結婚が長びいていてという暮らしならそれでよかったんでしょうが、あたしたちは、えいっと海を渡って異文化に娘もろとも飛びこんで、新規まきなおしのステップ家族です。ストレスが多いのなんのって、まったく、こんなことなら、前夫と別れたそのときに、そのまんま日本の家に、男っ気なしで娘たちと暮らしていたら、とときどき思うんです。そう、女だけで、と。

でもそうしませんでしたから。何の因果か。きちんとごはんを食べる男のいる家庭。女友達が来たらたちまち、そのきちんとした家庭生活の根本を蹴りたおしてくれました。この女友達にかぎらず、どの女友達もみんなそうなのです。一人一人は穏便に生きていても、二人三人あつまれば家庭をたやすく蹴りたおすいさぎよさが、女友達という関係にはあるのかと思います。

赤パンプキン黄パンプキン砂糖にパイ

赤パンプキン黄パンプキン砂糖にパイ

これは、あたしがハロウィーンのときに作った句。

俳句をやってる友達が、俳句をメールしてきたんで、あたしもたちまち作って、おっ隠れた才能がなんて思いつつ送り返したら、名句はなかなか理解されないものなのですねー。しかも、あとで、自分で気がついたんですが、この名句は、大島弓子のマンガ「赤すいか黄すいか」[*1]の影響を受けて（ぱくって）、『マザー・グース』[*2]の谷川さん訳の「ジョージイ・ポージイ　プリンにパイ」の影響も受けて（ぱくって）いた。いいや何くそ、本歌取りということばもあると、気を取り直して、もうひとつ作ったのが、

ハロウィーンキャンディを食うガキが来る

日記でも早口ことばでもないんだから……もう少し深みや奥行きってものが……一応文学なんだから……と名句を理解しない友達はいいました。

ハロウィーンといえば、パンプキンとキャンディです。

十一月一日は万聖節で、その前夜祭というのがハロウィーンのはじまり、のはずなんですが、アメリカのハロウィーンは、カボチャと仮装とキャンディの「子どもの日」という感じ。

それにつけても思い出すのは、カトリックの国ポーランドの、しみじみと趣のあった万聖節です。ポーランドの秋の暮れは、なんだかほんとにみじめなんです。日の出はどんどん遅くなるし、日の入りはどんどん早くなる。そしてどんどん寒くなる。いつ果てるともしれない、長ーい、暗ーい、寂しーい冬が、目前に迫っている。気持ちは、どんどん沈んでいきます。

十月三十一日には、家族のお墓に行ってそこの掃除をします。あけて十一月一日、人々は、花を持ってろうそく持って、きれいになったお墓におまいりにでかけます。日は短いですから、朝が終わるともう夕方、のようなもんです。墓地は、お供えの花で埋まっています。花は、季節柄、乱れ咲いたような印象の菊の花ばかりです。墓地じゅうが、千のろうそく、万のろうそくで、あかあかと輝き出すのです。霊魂が、抜けだして、近づいてきている、その足音がひたひたと、ひたひたと、聞こえるようでした。

あちらのお墓は土葬ですから、目をこらせば、ひとつひとつのお墓の下に棺のかたちが見えるようで、いかにも死んだ人がそこに埋まっているようで、故人の等身大の胸像や頭が、墓石の代わりに置いてあるお墓があったりもして、ほんとうに、不気味なんです。霊魂に肩をたたかれているような気さえしてきます。卒塔婆がみだれてるほうがなんぼかましか。そうなんです、端的にいえば、その日は「お盆」のようなもの、でも質のちがう不気味さが、かえって異文化性をきわだたせ、思えば遠く来たもんだと、不思議な感じにおそわれたのは、何千何万のろうそくのせいかもしれません。

アメリカのハロウィーンには、そんな雰囲気は、もとよりありません。おとなも子どもも、めいっぱい仮装して、はめをはずして、いたずらをしかけ、キャンディを食いまくる。

でも、あちこちに置かれたパンプキン[*3]が、生きてるもののように表情をつくり、火がゆらゆらとゆらめいて、影が動き出すわけです。

この時期、「パンプキン・パッチ（カボチャ畑）」とよばれる青空パンプキン屋が街角や空き地にできまして、オレンジ色のパンプキンが、大きさも形もまちまちに、だるま市みたいに並ぶんです。うちも、うすみたいに大きいのを、ぎっくり腰のことを考えながら、選んで、買って、運んできました。

さて、それをくりぬきます。日本のえびすかぼちゃを考えると包丁が何本あったって足りないんですけど、これはパンプキン、皮は薄いし、果肉も水っぽいし、すいかのように手ごたえがない。で、てっぺんを切り落とし、中身をかきだし、顔を作って、中にろうそくをともす。果肉はマッシュにしてプディングとスープが何日か分、種はローストして、えんえんと、えんえんと、ハムスターになれるくらいかじりつづけても、まだ余る。

日も、どっぷりと暮れました。末っ子のトメはミニーマウスになりまして、白うさぎのエリサと狼男のジャスティン、ハーシーのキスチョコ[*4]のリセットと、連れだって、「トリック・オア・トリート」（いたずらか、おかしか）に出かけます。リセットの家は、住宅地全体がへいで囲まれていて、門があって、出入りする人がチェックされるという、輪中《わじゅう》のような住宅区画の中にあるので、安心で安全です。そのコミュニティ全体が、「トリック・オア・トリート」のためにできてるようなもんです。うちの近所は、車の通りの激しい道路はあるし、藪や木かげや荒れ地はあるし、近所づきあいもないから、どの家にどんな考えを持った人が住んでるのかもしれないし、とても、小さい子をむやみに出してやれる雰囲気じゃありません。

さて、日もどっぷりと暮れました。不気味さをわざわざ演出してあるので、あたりはいつもより暗いです。そこここに、パンプキンのあかりがぼうっとともります。木に首吊り（の人形）をぶら下げたり、家にくもの巣をはりめぐらせたり、ドアをあけると断末魔のうめき声がひびきわたる家もある。そこを子どもたちが、ひたひたと、ひたひたと、歩いていきます。

「トリック・オア・トリート」

子どものかたちを借りた精霊が、家々を、門づけしてまわる、出方によっては悪霊にもなるぞ、という脅しとともに。

「トリック・オア・トリート」

するとドアが開いて、待っていたおばさんやおじさんが、にこにこと、山盛りのキャンディやチョコバーを差し出してくれます。それは、かならず個別包装、以前どこかで毒入りキャンディ事件があってから、ハロウィーンのキャンディはかならず個別包装と、リセットの親がいってました。

ミニーマウスも白うさぎもキスチョコも狼男も、もう夢中で本性をあらわして、つかみ取り、そして口ぐちに、

「ハッピー・ハロウィーン」

いいことをしてもらったおかえしに、福と幸を、精霊が言祝《ことほ》いでいる。

闇夜にろうそくの火が揺れて、その中をひたひた、ひたひたと、軽やかな足音が遠ざかったり、近づいたり。影があっちから来てこっちに消えたり、ふと交差したり。あたしはポーランドのあのろうそく供養みたいな万聖節を思い出し……するとなんとなく、生ぬるい風がすううううう、お寺の鐘がぼーんぼーん、いやそんなことはあ

りませんが、霊魂が、いっぱい、あたりに漂っているような感じもしてきまして。これがほんとの、ガキどもにほどこす「施餓鬼《せがき》」かも。時期はちがいますけど、そこはほれ、世界はひろいから。

　おおきなふくろを、かたにかけ、餓鬼どもが、ひたひたと帰ってきまして、あとはキャンディと、それを食べさせたくない母親（あたし）との、しれつな戦いがはじまるのであります。……トメは疲れはてて、まんぞくして、帰りの車の中で、べとべとのお口のまま、ねむってしまいました。あーあ、また、歯みがきができませんでした。

＊1　『夏のおわりのト短調』（大島弓子作・白泉社文庫）

＊2　『マザー・グース1』（谷川俊太郎訳・講談社文庫）

＊3　パンプキンのちょうちんは、外に出しっぱなしにしておくと、カリフォルニアの暖気に、数日でくたびれ、かびて、腐って、へたりこんでしまいます……捨てるとき、クリスマスツリーを捨てにいくのとまたちょっとちがった、もの悲しい寂しさがあるんですよね。

＊4　ハーシーのキスチョコ型の銀色のハリボテをかぶるわけです。

飢餓の祭り

感謝祭でした。

その昔、ヨーロッパからやって来た人たちが、慣れない土地の激しい気候と生活技術のなさとで飢え死にしかけていたとき、地元の人々が（アメリカ先住民とよばれる人たちですが）親切にもアメリカ原産のイモやウリやカボチャの作り方を教え、入植者はおおいに助かり、生きのびて、収穫のあとに、家族を集め、先住民もよそ者も異人もまねいて、感謝とともにごちそうを饗した、という。

食うことが目的のおまつりなんです。日本でだってお正月なんてのは食っちゃ寝食っちゃ寝ですけど、それ以上のものがある。

で、感謝祭のごちそうというのは、

《ターキー》オーブンで焼き上げるのに五、六時間かかろうかっていう巨大さ。肉は、ぼそぼそして、大味です。それをしっとり仕上げたいときにはチキン脂を注射器でどばどば注射しつつ焼くそうで（そこまでするか？　って気もします。家庭じゃふつうしません）。どこの家でもすごい量が余ります。

《クランベリーソース》ジャムみたいなすっぱ甘いもので、ターキーに添える。生のクランベリーは赤いきれいな丸い固い実ですが、生食にはまったく向かず、赤い小鳥が食べるかままごとに使うかしかない。

《グレイビー》辞書でひくと肉汁ってことなんですが、それに粉や脂やスープを足したどろどろの茶色いルウみたいなやつ。ターキーにかけてぼそぼそを緩和する。

《マッシュポテト》チーズやバターで思いっきりなめらかにしてある。

《コーンブレッド》コーン粉がざらざらした、薄甘いマフィンのようなもの。

《スタッフィング》もともとはターキーにつめて焼くものだったんですが、別に作るようになったそうで。コーンブレッドを肉や野菜や卵といっしょに炒めてオーブンで焼く。油っこくかりかりねちょねちょの食感。

《ウリやカボチャやヤムイモ》煮たりローストしたり。

《アップルパイ》パンプキンパイやスイートポテトパイも可。

てな感じなんですが、今年、うちの感謝祭のディナーは、たった一人の生粋アメリカ人をのぞけば、あとは、よそ者流れ者の移民ばっかり（お隣のローセンバーグさんたちはアメリカ人ですけど、今年は息子夫婦のところに行っていていなかった）。何に感謝するのか知らないが、とりあえずアメリカに住んでる縁で感謝しとこうっていう、日本のクリスマスみたいなもんでした。

チェコ人の友達が、ターキーのかわりに鴨の本場チェコ風を焼くといい、オーストリア人の友達が、本格的ハプスブルグ風アップルパイを作るといい、生粋アメリカ人の友達が、元祖おふくろの味のスタッフィングとグレイビーとスイートポテトパイを作るといい、イギリス人のつれあいは、あとはまかせろというんで、大鍋いっぱいのクランベリーソース（彼のは生姜とオレンジ入りです）と大鍋いっぱいのマッシュポテト（他のものはともかく、マッシュポテトだけは、足りないなんてことがあったらしゃれになんないぞとつぶやきつつ、つれあいはじゃがいもの皮をはてしなくむきつづけていました）とオーブンいっぱいのヤムイモのローストと、出たばかりの満月のように大きい魚のムースを作りまして……。

そこに鴨は三羽焼かれてきましたし、アップルパイは二個焼かれてきました。スイートポテトパイは洗面器の大きさで、スタッフィングは食べても食べてもなくならない量でした。

食べ切れやしませんよ。

いったいだれがどんな胃をしてどんな食欲で、こんなに食べられるんですか。

なぜ、こんなに大量の食べものを食卓に並べたいと思うんでしょう。感謝祭とはすなわち収穫祭だからってみんないうんですが、あたしなんて、食べる前からうんざりしちゃって、この満杯の食卓のその裏には、なんか、すごく深いところに、飢餓へのふかーいおそれがあるような。といっても、昨今のアメリカ文化は、飽食に飽食しつくしているような感じ、飢餓なんてどこにも見えないからかえって不気味です。

その日は食べ疲れても、やはり次の日にはふつうに起きて、朝食昼食夕食と作らなければいけないわけです（学校は休みだから、子どもたちはうちにいて、耳元でおなかすいたおなかすいたとひなどりにきーきーいわれるような、そんな感じなんですから、まったく）。で、あたし一人、なんだかうんざりしちゃって、昨日の残りをせっせと食べてくれる家族たちはそのままに、あたしは、スタッフィングにしょうゆかけて、マッシュポテトで作ったコロッケ（五十個くらいできましたよ）にもしょうゆかけて、ごはん炊いて、お箸で、「おかあさん単独行動はやめなよ」なんて、子どもらに批判されながら、食べてました。

感謝祭のあとは、残り物の夢にうなされるんです。

ターキーは、サンドイッチ、スープにサラダ、揚げ物、炒め物と使いまわし、野菜は何もかもスープにぶちこんで、マッシュポテトはポテトパンケーキかコロッケにして……。そしてさいごには、食べきれずに捨てるんだと思うんです。うちも毎年、結局そうですもの。まだ去年のクランベリーソースも冷蔵庫の奥に残ってるし。

アメリカは飽食っていいましたが、ほんとに、ここでは、食べものはかんたんに捨てられます。ファストフードなんて、残したものとごみの山だし、パイを投げつけあうギャグもそう、ひんぱんにあるパーティーは大量の食べものを捨てるための手段みたい。子ども向けの本を読んでてもテレビを見てても、どうも、食べものが粗略にあつかわれるのが目につく（ええ、日本の文化だって、人のことといえた義理じゃないんでしょうけど）。

でも、日本で生協に入っていたエコな主婦のあたしがいってるだけじゃなく、物にはむとんちゃくなはずの子どもたちまでそういうんですから、まちがいはない。こっちの学校でも、みんなが、ばんばん、食べものを捨てるっていいます。

あたしは、食べものをむだにすること、そこにあるものを食べない、残すことに罪悪感というか、感情的な悲しさまで覚えてしまいます。つれあいもそうだといいます。平気で残すアメリカ人、アメリカ文化に、二人でいらいらしています。

どうしてつれあいもあたしも、食べものを残すのがそんなにいやだっていう点が共通しているんだろう、と考えたことがありまして。「愛しあってるからだよ」とつれあいはいいますが、ちがいます。論点がずれています。

あたしたちの共通点は、（つれあいが子どものとき経験した）戦争と（あたしが経験した）摂食障害だと思うんです。つまり、あたしたちは、二人そろって、食べものに不自由した経験を持っている。

「さいわい疎開したのが田舎の農家だったからましだったけど、ロンドンじゃ食べものに不自由してたなあ」とつれあいはいいます。

「でも摂食障害は、自分の意志で食べないんじゃないのかね」

いいえ、ちがう。あれは、そうなっちゃって抜けられないびょうきなんですよ。あの当時、からだもこころも、飢餓感にさいなまれていました。それなのに食べないんです。食べたくもないんです。食べずにいられるんです。いくらでも食べずにいられるんです。苦痛でもなんでもないんです。でも頭の中は、食べものであふれかえっているんです。いったん食べることに触れてしまったら、もう世界まるごと、自分も他人も見境なく食いつくしちゃうんじゃないかという、そんな恐怖に追いたてられているんです。

後ろをふりむいたらまっくらな闇がぱかーっと。そんな感じでした。

そんなある日のことです。毎日トマトときゅうりくらいしか口にしてなかったころです。たまたまだいこんを、水で煮て食べた。ただゆでただけ、塩も砂糖もなしの。そのだいこんの、甘さとうまさは、舌から脳に、獰猛に流れこんでいき、全身を駆けめぐり、あたしはその味の、あまりの激しさにクラクラッと目がまわりました。

ハナハトマメマス

娘の通っている学校の校長につかまって、高校の日本語クラスを押しつけられてしまいました。しょうがない、保護者ボランティアのつもりではじめましたよ。とんでもなく小規模な、寺子屋みたいな私立の学校で、中学高校あわせて五十人そこそこしかいない。日本語クラスも生徒は三人、高校の一年から三年まで入り交じった、本格的な寺子屋式です。

今更、こんなとこで、人にものを教えるだなんて、思っていませんでした。

昔は、公立中学の国語教師や塾の講師をてんてんとして、ワルシャワの日本人学校でも教えてたことがあるんですが、いずれも教科は「国語」であって「日本語」ではなく、生徒は日本語がぺらぺらだった。今度の相手は、しゃべれないだけじゃない、かなを読むのもおぼつかない。

やめた前任者が使っていた日本語の教科書が、何冊もあるんですが、どれもこれも英語で書いてある。あたしは読むのがどうにも苦手です。たぶん日本語に忠義立てしてるんだと思います。子どもにバカにされ、つれあいに笑われながら、いつまでも読み書きのできないあたしは、非識字者の人生を、どうどうと生きていこうかと思うんです。

じゃしゃべる方は万全かというと、それがそうでもない。あたしの英語は、なまってるし、時制はなってないし、語順なんかもめちゃくちゃで、なかなか相手に伝わらない。つまり教える方も教わる方も、ことばに不自由なわけですよ。

教科書がないから、自分でテキストを、けっこう凝って、小話やジョークやゆかいな会話を入れて、毎回作っていくんですけれど、どんなのを作っていっても、三人の生徒にはむずかしすぎる。その上、生徒の頭は……いっちゃ悪いが、ざるでした。で、どんどんやさしいのにしていくうちに、テキストは、「ハナハトマメマス」みたいになっちゃって。

やっぱりことばは、とあたしはりきんで思うんです。自分を表現するって可能性です。

英会話は、三十すぎてはじめました。最初の数年は、ほんとーにつまらなかった。「週末は映画へ行きましょう」「おう、それはいいアイディアです」とハンコをぺたぺた押してるみたいにくりかえすばかりで、自分が出せない。自分の感情も出せないし、意志も考えも個性も出せない。

主婦向けの昼間の教室でした。どうも、外向的な人の方が、英会話を習おうなどと考えるようで、そうなると、主婦は強いです。子どもを育て、年を食い、人生経験をつんでいます。外に向けて、話したいことはたまっています。英語という隠れ蓑を着てるから、憑依《ひょうい》したみたいになって、おもいっきり話せる……そういう人たちのかげで、あたしは、見かけによらず内気です、いいたいこともいえずに、ほそぼそとほそぼそとつづけていました。

それでも少しずつ力はついてくるものなんですねえ。やがて、「自分は誰で何をしたいのか」ってことが、英語でもいえるってことに気がついた。

あたりまえです。ことばですもの。でも学校で、英語で２を取っていたころは、そんな可能性があるってことにも、気がつきませんでした。

気がついたら、英語がしゃべれるようになりました。なまって、たどたどしくて、好きな人にだけで、知らない人にはぜんぜんしゃべりたくもないし、しゃべれもしませんけど。

でもそうしたら欲が出て、もっと「自分は誰で何をしたいのか」いいたくなって、でも、おいそれとできることじゃないですから、不自由な思いはつのり、かえってイライラするんですけど、可能性を知ってて不自由なのと、何も知らないのと、どっちがいいかと訊かれれば、あたしはかならず前者を取る。

ハナハトマメマス。つみかさねていけば、いつかそこに行きつくんでしょうけど。

ハナハトマメマス。道は遠い。

生徒の一人は日本オタク、日本のことなら、森羅万象知ってるんですが、ただ、日本語ができない。

「キョートに行って、マチヤに住んで、コットーあつめをしたい。カキナーベが食べたい」としぶいことをいいます。「牡蠣鍋」は、いつか、日本についての本で写真を見たそうです。牡蠣鍋とは、ちょっと偏ったインフォメーションではないのか、と思いましたが、彼には、牡蠣鍋が、日本の美を集大成したような食べものに見えている……。

「せんせい」と、彼がある日、深刻そうに質問をしてきまして。こちらは思わず背筋を伸ばして聞きますと、

「ミリンと、サケは、どうちがうのですか」

　つぎの時間に、あたしは、校長の目をぬすんで、学内にアルコールを持ちこみましたよ。少しずつなめさせて、「これが酒」「これがみりん」と。

　もう一人はアニメ少年。今、高校生のあいだで、日本のアニメが流行っています。で、アニメ見たさに、日本語を、後先考えずにとっちゃった。

　カタカナがやっと読めるかというこの少年に日本のマンガを貸したら、根性で読んでくる。宮崎駿でも貸そうものなら、たいへんおもしろく見て、よくわかっている。不思議な力です。その力を、文法や単語にも向けてくれるといいんですが、向ける気配はちらりともない。

　もう一人は、明るくて前向きで攻撃的なふつうのアメリカの女の子ですが、何で日本語のクラスとってるのか、本人もわからない。テストで脅かさないと勉強しない。

テストの点にばかりあくせくして、肝心の勉強に身が入らない。「何に興味があるの？」と訊くと「日本語」という。

「だからー」とあたしもいらついて、「なにか、日本の文化の中で、興味のあるものはないの？」と訊くと「べつに」という。

でもこれが学生の基本パターンかもしれないです。あたしも、こんなふうだったような気がします。

ある日、日本オタクの少年が、ジャパニーズレストランで、テンプラを食べたら、そこに、見知らぬものが入っていた。

「せんせい」と、少年は教室で、真顔で質問してきました。

「スクワッシュ（瓜）のようで、見たことのない黄色で、少し甘くて、クリーミーで、夢のようにうまかった。あれはなんですか」

先生としましては、まあ、てんぷらで、黄色くて、瓜みたいというなら、たぶん日本の「カボチャ」だろうと。

それ以来、少年は「カボチャ」にとりつかれた。牡蠣鍋のことはすっかり忘れた。

「日本に行ってカボチャを食べたい、いろんな場所でいろんなカボチャをいろんな料理法で、脳みそがカボチャになるぐらいまでカボチャを食べたい」と少年はいうんです。

「せんせい」と、また質問で、こんどこそ、なにかアカデミックな、動詞の活用にわかんないところでもあるのかと期待してますと、

「テンプラの、コロモの作り方を教えてください」

あたしも人間がすなおですから、

「それはね」とつい答えちゃって。

「卵に、粉に、少しのコーンスターチ、ベイキングパウダー、コツは、氷を入れた冷水で溶くことと、よく溶きすぎないことですよ、油の温度はね……」

カンボジヤから来たからカボチャ。ジャガタラから来たからジャガイモ。サツマから来たのはサツマイモだけど、カゴシマ（サツマ）やクマモトに行くと、もっと西から、ということでカラ（チャイナ）イモと呼ばれている、とあたしは説明しましたが、連中、ざるだから、忘れてるかも。

流れ流れて日本にやってきたカボチャも、もとをただせばアメリカ大陸なのに、長いあいだにあたしたちの口にあうようになって、パンプキンでもスクワッシュでもな

い味になっていました。

少年の興味と熱意が、他人ごとではないのです。十年前、あたしも、何が知りたくてここに来たのと訊かれて、「カボチャ、ウリ、ヒョウタン」と答えました。みんな笑いましたが、あたしはほんきでした。ちょうどこの少年のように。

あたしは、課外授業として、うちで日本食パーティーをしました。あの子たちに、食べさせたかったんです。レストランのスーシ、テリヤーキとはぜんぜん違う、ほんとの日本の食べものを。ジャッパニーズフードじゃなくって和食って呼べるものを。

「今日、和食にしようね」というとき、作るようなもの。

「やっぱ、ごはん炊かないとね」と思うようなもの。

いろんな切り方や、みりんや酒の使い方、こんにゃくや高野豆腐といった伝統的日本食品、それから「のり」と「こんぶ」と「ひじき」のちがいなど、教えながら食べさせたいと思いまして。そしたら、三人が、それぞれ家族全員連れてきて、盛大なパーティーになりました。

で、こんだてです。

カボチャの含め煮。カボチャのてんぷら。揚げたカボチャに、ゆでたカボチャ。カボチャ入り具だくさんのみそ汁。

タコとイカとマグロのちらしに、おいなりさん、かんぴょう巻き。

れんこんとごぼうのてんぷら。きんぴらごぼう。

揚げごぼうを豆腐にのせてぽん酢かけたのと、いんげんを素揚げしておろししょうがとめんつゆにつけたの……おっとこれは、伝統的日本料理でもおふくろの味でもない。枝元某のレシピである（これがいちばん人気がありましたよ）。

切り干しだいこん。ひじき。フリーズドライのトーフ……高野豆腐ですけど。

こんにゃくの田楽。たたき梅干しと日本きゅうり。かんづめのたけのことふえるわかめの若竹煮。冷凍里芋と冷凍れんこんとかんづめたけのことにんじんとごぼうと鶏肉入りのいりどり。

「人の家にまねかれたら、どんなにおいしくないものが出ても、げろげろとか、うえーっとかいってはいけない。でも、これだけは、いくらでも、大っぴらに、げろげろ、うえーっといっていいから」と解説しつつ、納豆。

「日本を知るにはぜったいカレーも」と娘たちがいうもんですから、バーモントカレーの中辛も作りました。

みんな手伝いました。カボチャ少年は、包丁をふるってカボチャを切りました。アニメ少年はタコを切り、目的のない少女も、酢の香にむせながら、すしおけのすし飯をウチワであおぎました。目的は見えなくとも、手が動いてにおいを嗅いで、味わうことができたから、いいかなと思うんです。

南瓜と瓜と瓢箪と

なんでアメリカに来たんですか、とたまーに訊かれます。そんなにひんぱんに訊かれるわけじゃありません。ここの人たちはよそから来る人たちに慣れているから、あんまり訊いてきません。でもたまに訊かれると、あたしは、「カボチャとウリとヒョウタンを見たかったんです」と答えます。「それから、コヨーテを見てみたかったんです」

みんな笑いますが、ほんとです。

昔、アメリカ先住民の口承詩にのめりました。金関寿夫さんの『魔法としての言葉　アメリカ・インディアンの口承詩[*1]』を読んだのがきっかけでした。

　ずうっと向う　東の方で

まるで母親が赤ん坊の世話をするみたいに
雨雲が　幼いトウモロコシの世話をしている
だいじに　だいじに　だいじに　だいじに
　　　世話を　し　て　い　る

こういうた、ことばに出会ったことが、あたしをここまで引きずってきたんだと、ときどき、つらつら、考えます。

それからあたしは、口承のうた、口から口へ伝えられていって、声に出て消えてしまうことばを、追いかけはじめました。まじないや、うたや、語り、といったことばたちです。そして、もっと知りたいと思いました。

アメリカ先住民のうたにも語りにも、カボチャとウリとヒョウタン（英語では、パンプキンとスクワッシュとグォード）が、よく出てきます。どれもほとんど南アメリカ原産です。同じようなものなのに、名前がちがう。形も用途も、微妙にちがう。文化の中の、存在の意味がちがう。あたしたちの文化では、雨に名前と種類があり、魚にも海藻にも名前と種類があるように、ここではウリに、それぞれちがった名前と種類がある。その微妙なちがいにぞくぞくしました。そこを、もっと知りたいと思いました。

あるうたの中に「カラカラ鳴る闇」というのがありました。夜の闇のことです。乾いた、暗い闇なんでしょうが。湿気た日本の都会の夜は（そこで育ってきたんですが）、目をこらしても耳をすませても、なんにも見えないし、聞こえません。昔はいたんでしょうが、どこかにいるはずの魑《ち》魅《み》魍《もう》魎《りょう》さえ少なくなってしまいました。夜の闇が乾いてカラカラ鳴るだなんて、どんな感じだろうと思いまして。それを、見てみたいと思いました。

それからコヨーテ。

脳みそにしみがつくほど愛読した『シートン動物記』。いちばん好きだったのは「雌コヨーテのチトー」です。ずるがしこく、ゆうかんに、雄と出会って、子どもを産んで、せまりくる危険、困難、絶体絶命、でもチトーはけっしてあきらめず、子どもをくわえて必死で逃げていくんです。チトーは、少女だったあたしのあこがれでした。

アメリカ先住民の文化にとって、コヨーテは、日本文化のきつねやたぬきみたいに重要なものなんです。チトーあるいはコヨーテを、見てみたいと思いました。

中年クライシス……。どんなに順風満帆でも、四十前後になると人生に疑問を持つといいます。自分の持ってるものに、仕事に、家庭に、「これでいいのか」という疑問を持つといいます。あたしもまったくそうでした。で、疑って、離婚して、苦しくて、恋愛して、苦しくて、もう、何がなんだか、わかんなくなっちゃって。

そんなとき、三か月限定で、うちを飛び出してみたんです。ことばもわからなけりゃ、あたしのことを知ってる人さえいないカリフォルニアの片隅に、野良猫か糸の切れたタコみたいにやって来ました。ひとりだけ知り合いがいました。それがお隣のローセンバーグさんで、詩人で、先住民の口承詩の研究家としても有名な人です。彼のもとに、声に出て消えてしまうことばと、カラカラ鳴る闇と、コヨーテと、パンプキンとウリとヒョウタンについてのリサーチをしに来たって、人にはいってました。

アメリカははじめてでした。

誰もいないひとり暮らしも、はじめてでした。ということは、外国にひとりで暮らすのも、はじめてでした。

してみたら、不便でした。

食べるものに困りました。料理はする気になれませんでした。ひとりじゃレストランにも入れませんでした。スーパーで、パンや豆腐やかんづめの野菜を、そっと買って、食べていました。ていのいいキャンプ生活です。住んでいた家にはアボカドの木があって、落ちてる実を、拾って食べました。ビワの木もあって、取って食べました。キャンプ生活と同時に採集生活もしてたわけです。狩猟漁労生活だけは、してませんでした。

アメリカ人が食べてるというTVディナーを食べてみたかったんですが、電子レンジがありませんでした。

しばらくそうやってひとりで暮らして、それから旅に出ました。

車で、ひとりで、東に向かって、カリフォルニアからアリゾナ、ニューメキシコ、コロラド、北に向かってネブラスカ、サウスダコタ、モンタナ、南に折れてアイダホ、ネバダ、ユタ、と走りまわりました。フリーウェイをつっ走って、日が暮れると道路沿いのモーテルで眠り、朝目が覚めるとまた走り出しました。

運転してるあいだ、手がハンドルにはりついてしまったようで、風景を見るというより、前方だけを見つめて、ひた走りに走って、休むなんてこともなく、走って、走って、追いかけられてるか、さがしものしてるかのように、走りぬきました。食べるものといったら、ガソリンスタンドのレジに置いてある、やわらかくてべたべたしたチョコレートブラウニーだけだったなんて日もあって。

見たものは、空と、雲と、風……ずっと向こうの空から地面に降りてくる雨雲も見ました。闇の中で風がひゅうひゅう葦笛のように鳴るのもききました。ひかれたコヨーテの死骸も見ました。でも生きたコヨーテもチトーも、見ませんでした。カラカラ鳴る闇も、声に出て消えてしまうことばも、みつかりませんでした。

それから日本に帰ったわけですけど、まだ中年クライシスはつづいていまして……数年間は、地獄に住んでるみたいでしたよ。家族のことも自分自身の身のふり方も。まあいい、昔話は。

で、そのうちにカリフォルニアに舞いもどるようになって、やがて住みついて。今は、大忙しです。家族の世話やらごはんのしたくやら。もう夜は、カラカラ鳴らなくったっていいんです。そんなもの、さがしに行こうとも思いません。アメリカに住んでるっていう現実が目の前にあって、それをとりあえずなんとかしなくちゃならないもんですから。

今は近所のスーパーに、毎日のように買い物に行って、大量に食料を仕入れてきます。いったい誰が食べるんだこんなに、と思うほど買っても、たちまちなくなってしまうのは、子どもたちが、むくむくむくむく大きくなるからです。

スーパーの野菜売場で、ヒョウタンは見ませんが、カボチャもウリも、いつでも何種類もありまして、ときどき買ってきて、ローストしたり、スープにしたり、甘くしたり。ハロウィーンだ感謝祭だというときにも、かかさず買ってきます。つまりもう、その存在にすっかり慣れてしまったんですが、まだ正体はつかめてません。

ひとくちにウリといっても、それはそれは、いろんな種類がある。大きいのや小さいのや、丸いのや細長いのや、黄色いのや緑のや赤いのや縞模様のや。名前も、バターナッツウリ、ドングリウリ、バナナウリ、スパゲッティウリ……命名のセンスは今いちだし、料理のしかたも単純で、食べてもそんなに、ほっぺたが落ちるほどおいしいとは思わないんですけど、存在そのものが、おもしろい。

ウリはいたるところにあります。ズッキーニも胡瓜も苦瓜もウリだし、冬瓜も西瓜もメロンもウリなんです。えびすかぼちゃと日本で呼ばれてるやつは、ここでは、カボチャパンプキンと呼ばれています。英和辞書には、

pumpkin　パンプキン（カボチャ）

って書いてありましたから、とまどいます。でもたしかに、料理してみると、カボチャとパンプキンのちがいにあっとおどろく。

ちがうといえば、スイートポテト。英和辞書には、

sweet potato　スイートポテト（さつまいも）

と書いてありました。でもちがうんです。見かけはさつまいもそっくりなんですが、本場（のはず）のスイートポテトは日本のさつまいもと、似ても似つかぬしろものです。水っぽくて、野菜みたいにしゃきしゃきしていて、ほくほく感がぜんぜんない。いったいどこでだれが日本風に、栗よりうまい十三里なんてふうに改良したんでしょうね。あまりに、日本のさつまいもは、日本のその他の芋に似すぎている。

日本語で、里芋・山芋・じゃがいも・さつまいもとひっくるめて芋類という。ときには、カボチャも、そこに入るような共通した食感があります。ねっとりして、ほくほくして、おなかにたまる。それを、あたしたちは「うまい」と思う。芋が、ごはん

と同様、日本の文化の深いところにひっかかってるからだと思うんです。じゃがいもがつれあいが、東欧系もユダヤ系もたいていそうだと思うんですけど、じゃがいもが好きでしょう。それでじゃがいもをチーズおろしでおろして、パンケーキみたいに焼くのをよく作るのですが、おろしたじゃがいもはよーく水にさらして、でんぷんを取ってしまうんです。いちどそれをしないで作ったら、「おもち」みたいになりました。くずもちみたいに。ねっとりして、もちもちして。ああうまい、不思議にうまいと、娘たちには好評でしたが、つれあいには不評だった。そのねっとりの度合い、もちもちの度合い、ほくほくの度合いが、文化によって微妙にちがうんだな、と、まあいつも感じてることですが、とくにつれあいの好きなじゃがいもなので、感じたわけです。

そうそう、つれあいですけど。たまたまローセンバーグさんの友達で、たまたま、そのお隣に住んでました。縁というやつかもしれません。もうよしましょう、昔話は。

＊1　『魔法としての言葉　アメリカ・インディアンの口承詩』（金関寿夫著・思潮社）

年末年始

アメリカの人々は、クリスマスには感謝祭と同じものを食べます。ターキーからグレイビーからパンプキンパイにいたるまで。大晦日のパーティーにも同じようなものを食べたっていいんです。が、とりあえずやはり飽きますから、感謝祭がターキーならクリスマスはハムにして、でもって大晦日は、パーティーのかけもちする人が出たり入ったりするから、軽くつまめるようにターキーを焼いておこうか、などということになるわけです。少なくとも今年、うちはそうでした（感謝祭はターキーのかわりに鴨だった）。もちろんその逆もあり、感謝祭はハムでクリスマスはターキー、大晦日はよそのうちのパーティーに行くから何も作らない、という場合もあるわけ。この時期、町のハム専門店は大繁盛です。

ハム専門店はハムだけを売ってます。人気のあるのはヒッコリーの木で燻煙して、ハニーたっぷりの味つけの甘いハム。骨入りの一五キロなんてのを買ってきてちょっとあたためてどーんと供するんですけど。残ります。もちろんです。で、ハムははがして密閉容器に入れ、骨は、にんじんやセロリやパセリを干しえんどう豆といっしょに煮込んでスープにいたします。ハムの骨のスープにはえんどう豆がよく似合ふと、お隣のダイアンがいいました。

感謝祭からこのかた、町じゅうが浮き足立ったままなんです。感謝祭がすむと、おなかの中のターキーがまだ消化してないっていうのに、クリスマス用の買い出しがはじまって。で、うちも右往左往してしまったわけです。なにしろ生木のツリーは子どもたちの強い要望で飾らないわけにはいかない。

「異教徒なんだからさ、てるてるぼうずと七夕のたんざくでもつるしとけばいいんじゃないの」とあたしはいうんですけど、娘たちがやはりそれじゃおさまらず、本格的に人形クッキーや星形クッキーを焼き、キャンディケインをつるし、するとそれはそれで、取って食うというなつかしいみかん狩りのようなものになりまして、つい通りかかっては取って食い、通りかかっては取って食い、そしたらクリスマスまでに、ほとんど豆電球だけになっちゃって、「まったくもう、おかあさんのせい」ってしかられました。こんなことなら、みかんやあんぱんも思いっきりつるしときゃよかった。飾りはうすら寂しくとも、ツリーがあるからには、その下にプレゼントがなきゃいけない。右往左往はそのためです。

ツリーの下にプレゼントを、遠くの親戚から送ってきたのも何もかも、クリスマスの朝までは開けずに置いておく風習は、こっちに住んではじめて知りました。お店ではつつんでくれませんから、包装紙買って、自分でつつむ。プレゼントの数は多いほど楽しみだから、どんなちゃちなものでも、いちいちつつむ。こういうことになるとまったくあたしは不器用で、

「おかあさんからのプレゼント、すぐわかる。包装がめちゃくちゃなんだもん」とまた娘がいう。どうせ破いて開けて捨てちゃうものを、凝ろうって気にもなりません。

クリスマスの次の日、あたしはゴミの収集業者に電話して、「プレゼントの包装紙はリサイクルしますか」って訊きました。ええ、ＯＫでした。

というわけで、日本じゃないけど師走は師走。クリスマスがすんで、町はやっと沈

静化したんですが、あたしは沈静化できないんです。もういくつ寝るとお正月ですから。日に日にあたしは押しつまってきました。

　毎年こうです。

のがれられない業のような気がします。

　せっかく外国にいるんだし、おとうさん（前夫）もおじいちゃん（前夫の父）もいないんだし（この二人に引きずられて毎年きちんとお正月を祝っていたんです）、おせちなんか作らないからね、年越しそばとお雑煮だけね、なんていいながら、日本食品店に行きましたら、つい、我を忘れて買い物をはじめてしまって。

　まずお餅、丸いのと四角いのと、両方売ってますから両方買う（あたしは四角い関東風で育ち、娘たちは関西の丸餅文化だったので）。

　お餅を買ったらきなこも買いたくなる。前夫の家ではお雑煮にきんぴらごぼうは不可欠だったので、ごぼうを買ったら、隣に里芋がある。あたしの実家でも、お正月には里芋はかならずありました。あかめとかやつがしらとか。それと里芋とは同じなのかちがうのか、とにかく里芋を買う。そういえばおせちのくわい。あの、ちょーのつくほどまずい（とあたしは思う）くわいは、ウォーターチェスナッツ（水栗）と英語でいます。皮をむいて水煮にしたものが中国製のかんづめで売られていて、しゃきしゃき感がれんこんに似ているので代用に使ってますけど、おせちのくわいは、かんづめのくわいとはたしかに別物だった。おお、れんこん、そうだ、れんこんだった。というわけでれんこんを買う。うちのお雑煮にはゆり根も不可欠なんですが、さすがに見あたらない。カサブランカか何かの球根なら、園芸店で売ってると思うのですが、娘たちはゆり根がきらいだし、つれあいにそこまでしなくてもと思うので（リリーの根っこは、彼は食べるものとは思ってないと思うんですよね）、それは買わない。

ここで「うちの」というのは前夫と作っていた家庭のことですが、そのお雑煮にもおせちにも、ぶりが必需品だったんですけど、なかったからレッドスナッパー（鯛、みたいな沿海魚）を買う。すると隣の棚にかまぼこがあるからつい手に取り、なんか縁起物的な値段の高さですけど、それでも買う。やっぱり紅白。でもこれだけじゃさびしいからって（あたしの大好きな）伊達巻きと、昆布巻きと、やっぱごまめも、黒豆は作れるから栗の甘煮は買って、さつまいも買ってきんとんだ、なんていってるうちに本格的なおせちになるわけ。業ですよ、これは。

昔西宮の、今は、阪神大震災のあとどうなったか、あれ以来行ってませんから、地震のあとも阪急西宮駅のこっち側には行きましたが、あっち側には行きませんでした。あっち側、前夫の生家から見た「駅のあっち側」ですけど、そこには古い活気のある商店街があって、前夫と家族をいとなんでいたとき、盆暮れには夫の生家に帰り、その商店街で食べものを買いました。

地震のときはもう、あたしたちの家庭もくずれてこわれていましたけど、家族としてのつきあいはつづいてましたから、前夫といっしょにあたしも行きました。それっきり義父にも会ってないし、長いあいだ世話になった婚家もその町内も見てません。義父は夢をみてるような感じでくずれた町並みを歩いていたし、婚家の建物はみごとにつぶれて、仏壇はひしゃげていました。

で、その商店街に、毎年暮れも押しつまると行きまして、暮れはなんでも高いし、小さい子をかかえてましたから重たいしで、それでも白菜やだいこんやほうれん草や里芋やゆり根やごぼうや色のきれいな日本にんじんを買いました。おもなおせちはスーパーでできあいのを買っちゃいましたが、かずのこはむいて漬けて、筑前煮や高野豆腐の含め煮、それからうちのお雑煮になくてはならない、きんぴらごぼうは、大量に作りました。

前夫の家の雑煮はうまかった。作り方を教わる前に姑はなくなってしまったので、結婚して最初のお正月に、こんなの、こんなの、と口で教えられて、みようみまねで作りました。昆布とかつぶしでだしをとって、ぶりの切り身を入れて、だいこんの輪切りの薄切り、ほうれん草、ゆり根、丸餅に、なんと上には大量にきんぴらごぼうをのせるんです。ぴりっと辛くてちょっと油っこくて。あたしの実家の、東京風の鶏とこまつなのお雑煮よりずっとおいしくって、今だに、作るといえば、このお雑煮です。なんかね、なつかしいです。こんな話。

あたしもこんなところに流れてきちゃってこんな家族と家庭作って暮らしてます。つれあいはもとより異人だし、末っ子はどんどん英語がたっしゃになり、日本語で話しかけても、英語でしか返事がかえってこないのです。あの西宮に連れていった娘たちも、あたし自身も、いつかこんなことを忘れていってしまうだろうなあと思います。お正月の買い出しもおせちのいろいろも。前夫の生家の間取りも食器も家のにおいも。前夫といっしょにいとなんでいた日本の家庭で作って食べて食べさせたごはんのあれこれも。

大晦日は家族でしみじみとテレビを見ながらこたつで過ごして、元旦の朝はげんしゅくに家族でお雑煮、っていうのがやり慣れた日本の文化なのに、ここの大晦日は、年が明けるまで人々がわさわさ出たり入ったりして、落ちつかないったらないのです。みんなそわそわして、どうもいつものパーティーとは勝手がちがう。よそのパーティーから流れてきた人たち、よそのパーティーに流れていく人たち、でも最終的には、いつもの友人隣人たちが残って、文化背景にかかわらず年越しそばを、あたしに強制的にふるまわれて、さていよいよとなりますと、シャンパングラスを手に持って、年の明けるのを秒読みするわけです。

新年おめでとう。

摘み草の思ひ出

昔は、川の土手が見える家に住んでいました。

そしてあたしは、家庭を、うしないかけておりました。前に話した中年クライシスのころです。あたしは家庭の中にいたたまれず、始終飛行機にのって、あっちこっちと、股旅の生活をおくっていたものです。

その家には、南向きに、大きな、ただ一枚の、はめ殺しの窓があり、外は土手で、見えるものといったらいちめんの草と空で、外の光は強烈にまぶしかったものです。

窓の下には、猫の額よりもせまいくらいな庭があって、ジャスミンがはいまわっていました。ジャスミンは伸びるそばから枯れていき、枯れるそばからまた伸びていくのでした。小学生の男の子の一群が、学校の行き帰りにたちどまって、花の蜜を吸いました。

いちじくの木は小さくて低くてよく実がついて、いつも蟻と競争でした。カモミールは野生化してはびこり、刈りこんで捨てた残りのベゴニアは地面に根づき、茎を一本拾ってきて地面にさしただけのゼラニウムは、ぐんぐん伸びて、とうとう垣根になりました。生協で買って植えたラズベリーは、毎年すっぱくて生食に向かない実をつけながらもよく育ち、とげだらけの藪になって庭への通路をふさいでしまいました。

そういえばあのころは、おやつを作るのが、楽しみでした。

小学生の娘たちが、細い足して、ランドセル背負って、ぱたぱたぱたぱた学校から帰ってきて、あたしの作ったおやつに、蟻みたいにたかるのを見るのが楽しかった。バナナブレッドやカボチャケーキ。残りごはんを牛乳で煮たライスプディング。クレープとカスタードクリーム。ホットケーキミックスで作った揚げドーナツ。冬は、ホットプレートでじゃがいもパンケーキを焼いたし、夏は、クッキーとジャム入りアイスヨーグルトを作りました。

秋は芋掘りで、ふかし芋。大学芋。芋ケーキ。芋カスタード。芋じるこ。芋じるこを煮つめて片栗でぷるぷるにして、スプーンできなこの中に落とした芋もち。

春になると、子どもたちを外に、よもぎ摘みにやりました。子どもたちは食い気が先に立つから、それはそれはていねいに、芽の先だけ摘んでくる。それを洗って、ゆがいて、すりばちでよーくすって、白玉粉に混ぜこんで、こねて、まるめて、ゆであげて。春の野の色と香りが子どもの顔ぜんたいにしみつくのでした。ついでにつくしも取ってきてというと、これもていねいに胞子が開く前のを集めてきました。野のものを、食べるために取るほど、おもしろいことはありません。つくしは、だしで煮て卵でとじるんですけど、ほろ苦いんです。見かけは子どもっぽくかわいらしいのに味はおとな向きってことを、いつも食べてから思ひ出して、しょうがない、あたしが食べました。

ああ、野を歩いて、生えてるものを、取って食う、取って食う、無限に、取って食うって、できればいい。

それが夢でした。子どものころからずっと。あたしが生まれて育ったのは昭和三十年代の東京の北部の、汚れに汚れた工場地帯、生えてるものといったらオオアレチノギクとアキノキリンソウ、カラスノエンドウ、キツネノテッポウ、そこらのものを取って食うなんて、夢のまた夢であったわけです。

でもあの窓のある家にいたときは、それができました。前の土手に木いちごの藪があって、やっぱり野生はちがう、庭の中の園芸種のラズベリーとはぜんぜんちがう。蜜のように甘くて、お日様にあたたまって、光がつまってきらきら輝いてるような、ふとった赤い実がなりました。春の終わりにそれが熟し、刻一刻と熟し、子どもたちは手に手に密閉容器を持って藪の中に入りこみ、熟すそばから取って食べ、食べきれなかったのを密閉容器にためて持って帰って、それはほんのぽっちりのジャムになりました。その藪も、県の政策で、河原を全面的に整備したとき、取り壊されてしまいました。もう何も残っていません。

なんだか、夢みたいな思ひ出であります。

土手はありますけど、木いちごの藪が、どこにも、ひとかけらも、残っていません。やはり、夢だったのかもしれません。

思ひ出というのは、たいていどこかゆがんでいるものです。はめ殺しの窓は、いくら思ひ出でもまぶしすぎた。たしかあたしは、家にろくにいなかったんです。摘みたてよもぎの香りをぷんぷんさせて、子どもらの帰りを待ってたなんて、できすぎです。あたしの空想にすぎなかったのかもしれません。

いいえ、家庭をうしないかけていたころだったからこそ、たまさか家にいるときに、すがりつくような気持ちで、おやつを作っていたのかもしれません。

今は、ウキクサのような根なしではありますけど、一か所にとどまって、うしないかけた家庭も、変形してメンバーも多少入れ替わって、でも、なんとか取りもどせました。そしたらこのごろ、おやつ作りに熱意が失せた。

今、おなかすいたーといいながら帰ってくるのは、もはや足の細い女の子たちではなく、背の高いおねえさんたちになり、バックパック背負って（アメリカの中高校生はみんなバックパック）、のそーっと帰ってくるんです。思春期なので、「おかあさんおやつー」なんて甘えてはいられないらしいのです。そして空腹のあまり、でんきがまに突進して、お茶碗にひやごはんをよそって（小さな声でいただきますとつぶやいて）ふりかけかけて、何杯も何杯も何杯も食べる。民話的な規模の食欲です。ごはんにふりかけの方が、ドーナツやチップスなんかよりずっとローカロリーでヘルシーですから、いい塩梅かもと思って、ごはんはいつも大量に炊いておきます。

おやつは作らなくても、デザートなら、ときどき作ります。つれあいと暮らしはじめて、ごはんのあとには必ずデザートという食べ方が定着してしまいましたから。お隣のダイアンに教わったかんたんパイのいろいろ。どれもこれも、あきれるほどがさつに、ずぼらに、むぞうさに作れて、同じような材料で、同じような作り方なのに、名前がちがうのがいろいろあるというのが、やはり、根っからのパイ文化なんだなーと思います。

まず基本は果物の煮たのです。りんごでもなしでも桃でもブルーベリーでもなんでも。いわゆる「パイ」は、脂の多い、甘くない生地です。生地を甘くやわらかくして、ぽとんぽとんと果物の上に落として焼けば「コブラー」[*1]、生地の脂を少なく粉じゃなくてパンを使えば「アップル・ブラウン・ベティ」[*2]、というぐあいです。いずれにしても、あたたかいうちにバニラアイスクリームをのせて、とろりと溶けかけたアイスをソースにほくほく食べる。

ほくほくと、昔は知らなかったそんなお菓子を食べながら、ときどき、あの土手とはめ殺しのまぶしい窓のことを思ひ出すのです。

＊1　コブラー。りんごでもなしでも桃でも、少々いたんでいてもいいんです。冷凍ブルーベリーならそのまま使ったっていいんです。何も考えなくっていいんです。むい

て切った果物に砂糖をかけて5分間チンする。溶かしたバター（1本）と卵（1個）と砂糖（1カップ）と粉（1カップ）を混ぜる。深い耐熱皿にバターぬって果物を入れ、上に生地を落として焼く。180度で1時間。

＊2　アップル・ブラウン・ベティ。むいて切ったりんご（6個ほど）に砂糖をかけて5分間チンする。半分プロセッサにかけてピューレに。バター（大3）とパン（4枚）と砂糖（大3）とシナモン（大1）をプロセッサにかける。深い耐熱皿にバターぬって、果物とピューレを混ぜて入れ、上に生地をのせて焼く。180度で45分。

早めし食い

今は昔、最寄りの繁華街に「はんばあがあ」の店ができて、牛肉のはんばあぐをはさんだパンを立って食べるそうだ、行儀が悪いなあ、そんなところに出入りしちゃいけないよと親や先生が話していたのは、たしか、中学生のころでした。あたしの中学時代といえば、アポロの月着陸と三島の自決、ベトナム戦争……それ以来、ファストフードとともに生きてきました。

ええ、生きてきたと思ってました。

友達と行って、恋人と行って、そこで待ち合わせて、仕事して、ひとりでもファストフード店なら入れて、孤独な食事して、子どもができてみたら、さわぐ子連れではほかに行くところなんかありませんから、ますます利用頻度が高くなり、つまりアメリカに来るまでは、入りびたっていたといってもいいんです。

でもアメリカに来たら、ふたつの変化がありました。

ひとつは、ファストフード、あんまり食べなくなったこと。

もうひとつは、ファスト（早い）というほんとの意味が、アメリカに来たらはじめて、骨身にしみて、わかったこと。

アメリカのレストランが、日本ととことん違う点は、チップのいるいらないです。

たしかヨーロッパのレストランもチップはいりました。

だいたい、あたしは、（チップのいる）レストランで、自分でお勘定を払ったことがない……ふふふ、なんて依存的な人生でしょう。今は、つれあいが払うんです。前は、まあいろいろ、とにかくそばにいた男のひとたちが払っていました。また、男といっしょでなけりゃ、外国でレストランなんて、行くわけもありません。

ところがそれは、いつも見てるだけですけど、見てるだけでも、ぞーっとする煩雑さです。勘定書は、給仕人に頼まなければいつまでたってもやって来ないし、やっとのことで給仕人が持ってきた勘定書を受け取って、カードを渡すと（ま、現金でもいいんですけど）、給仕人はいったんカードを奥に持って入って、こんどはカードとともに請求書を持ってくるから、吟味して、納得して、チップを計算して、足し算して、たしかにこのとおりですと、儀式ばったサインをするというその経緯。

ときに、つれあいがいない夜もあります。日本でならファミレスにかけこんでいる状況です。でもアメリカではそれができません。外食というのは（あたしにとって）楽をしたいからするものです。わざわざ煩雑さがつのるような外食なんて、なんの意味もないですもの。おいしいもの食べて、かりそめでも人にかしずかれるロマンチックな夜を演出して、という意味の外食も、たしかに、あるにはありますが、そういうときは自分でお勘定する必要はないわけで。

テーブルでじれったい思いをするくらいなら、出口のレジで精算するようにしてくれれば、食事が終わったらさっと立ってすぐに帰れるのに、と思います。

それになんといっても、チップが気重。サービス料をはじめから機械的に請求してくれればしのごのいわずに払うのに、とも思います。

「一五パーセントが相場」とつれあいはいいます。「フランスでも一五パーセント、イギリスでは一四パーセント、でもこのごろ、高級レストランではサービス料と称してはじめから請求されてることもあるから、よく気をつけて勘定書を見ること」というつれあいは、何の痛痒も感じてないみたい。だからあたしに食事をおごってくれるわけですよ（二〇二三年現在、二〇％が最低ライン）。

日ごろ電卓に頼り切ってるせいで、ひとケタの足し算もおぼつかなくなってますから、一五パーセントの計算でもおおごとです。紙ナプキンかなんかに筆算して、繰り上げ繰り下げにも頭を悩ませて。

「でも法律で決められてるわけじゃないからね。制度化しちゃってるけど、基本的には好意で置くものだ。だからたまーに、ほんとにめったにないことだけど、ものすごくひどいサービスのときには、ぜんぜん置かないときもあるよ」とつれあいはいいます。

14か15で、ときに0。

鷹揚さと寛容さと傲慢さと虚栄心をためされているようにも感じます。

だからファストフードが楽なんです。ファストとは、食べものがさっさと出てきて早いっていうよりも、チップなしでてっとり早いって意味なんじゃないかと、あたしは常づね考えます。

カウンターごしに注文して、マニュアルどおりに対応してくる相手には、チップを払うべき愛想も人間性もなく、ただお金と引き替えに食べものを受けとればいい。番号札を渡されて、あとで席まで持ってきてもらっても、チップのことなぞ考えずに、ただ「さんきゅー」といって受けとればいい。「さんきゅー」なら、何も悩まず、いくらでもいえます。「さんきゅー」、ほら、じれったくもめんどくさくもない。

で、いろんなファストフードです。

〈ハンバーガー〉

じつは、このごろ、あまりファストフード店に行きません。あの文化全体の最大公約数を出してるような味に、いやけがさした。あたしはアメリカで、どう考えても、ふつうの人々、民草、一般大衆とはいえないんです。ことばもろくにできない、子連れの移民なんですもの。つれあいも移民で、娘も移民。そんな立場で、アメリカ人ならどこのどんな誰でもが何の抵抗もなく食べられるような味を、ああおいしいもっと食べたいと思うわけがない。そんなもの食べるなら、うちで、冷凍ごはんをチンして、和食系の残りもので、箸使って、いただきまーすと食べた方がましだ。

こないだひさしぶりにハンバーガー店に娘たちを連れていったら、

「おかあさん、あたしたちは、こういうものをもっとちょくちょく食べなきゃだめだよ」と、中学生の娘がゲンコをにぎりしめて力説してました。

「子どもっていうのは、ファストフードを食べて生きてるものなんだよ」

なるほど。一理あるかも。

でも、とくに、あのハンバーガーというやつが……。世界的なチェーン店になりますと、もとめていた文化の最大公約数がずれちゃって、今や、世界中の誰もが当てはまらないような架空の最大公約数を勝手に作りだして、その上で大量生産しつづけてるんじゃないかというような。えんぴつ描きしたのを切り抜いて、もそもそ食べてるような、味気なさを感じるのです。味気ないわりには、後味が悪いし、胸やけはするし。

七月四日はアメリカの独立記念日です。七月七日は七夕で。七月十四日はパリ祭で。二十四日は河童忌で、今年は三十日が土用丑。……いえ、歳時記じゃないんですから。でも、とにかく、七月は忙しい。

独立記念日、日本人が土用丑の日に鰻を食べるみたいに、アメリカ人はハンバーガーを食べます。

夕方になりますと、においが漂ってきます。ああはじめたなとわかります。これはお隣から、これはお向かいから、と。公園にも人が集まっています。日本のお花見みたいにみんなが浮かれて、外に出て、クックアウトする。

クックアウト？　料理がアウト？

いえ、たんに、料理を外でするという意味。公園やピクニック場には、公共のバーベキューグリルがある。みんな浮かれて、外に出て、夏は日が長いです。青空の下で、脂っこいハンバーガーを作るんです。

バーベキューということばは、もともとカリブのハイチ料理からやって来ました。テキサスには牧場がたくさんあって、牛にはことかきませんから、まずあのへんで、牛の野外丸焼き料理として定着して、それから五〇年代になったらアメリカ全土に流行して、どの家も、裏庭にバーベキューグリルを置くようになった、と、これはお隣のダイアンから聞いた話です。

うちも、七夕には笹を飾り、クリスマスには樅の木を飾るように、独立記念日にはのダイアンに頼って、ダイアンの作るハンバーガーを食べるんです。

クックアウトしたいんですが、移民の寄せ集まりなものですから、毎年、アメリカ人
バーベキュー、スペアリブかなんかでももちろんいいんですが、やっぱり気軽で手軽なのはハンバーガー。グリルに炭火をまっ赤におこします。小山のような牛のひき肉。二〇〇グラムくらいを一個分に、手に取って、何も入れずに、ただまるめる。日本の家庭料理のハンバーグにはかならず入っている玉葱も卵もパン粉も、入れません。塩、胡椒も、あ、忘れてたっていうくらい、肉だけの真剣勝負です。

用意するものは、みじん切りのピクルス。玉葱とトマトのスライス。ケチャップにマスタード、パンは、歯ごたえのない安物でいい。家にあれば皿に盛る肉を外にしあればパンに盛る。それだけの用途と思って。

肉はレアです。血がしみ出てきます。パンをあたため、好きな具を好きなだけはさむ。なんたって独立記念日で、民主主義と個人主義なんですから、ひとりびとりが、好きに食べればいいんです。

具が融合し、温もり、湿り、収拾がつかなくなる直前に、一気にかぶりつく。吸いこまれるような青空の下で、風に吹かれて、草がひとひら、口の中にまぎれこむ。血

の味がします。

こういうまじめな味を知ってるから、かえってアメリカの人々は、ファストフードのハンバーガーを食べられるんだと思います。どんなにまずくて薄っぺらでも、絵空事と思えばよい。日本の人々が、ほんとのラーメンにたいする郷愁と遊び心があるから、おもちゃみたいなインスタントラーメンを食べたがるのと、同じようにです。

夏の夕暮れは遅いです。八時すぎになって、やっと暗くなります。西の空、太平洋の真上に、独立記念日の花火が、あがります、たまや、かぎや、と。


〈サブ・サンドイッチ〉


サブ・サンド。はじめて見たときは、冗談かと思いました。三〇センチくらいあるバゲット、というか往年のコッペパンの、長いようなパンがざっくり割れていて、具を、アメリカのマンガみたいに、大量にはさんである。それを両手でささげ持ち、人が食べているのです。

具が多すぎて、片手では食べられませんよ。サンドイッチというものは、ばくち依存症のサンドイッチ伯爵がポーカーかなんかしながら片手で食べたのがはじまりと聞いて育ったものですから、両手で持ったら、ポーカーも麻雀もできないじゃないかとあたしは思った。

ところが、その多すぎる具は、何もかも、自分で選んだものだったんです。

自業自得、とぽつりと思います。いいえ、むしろここでは、選ぶという行為を強要され、選べるというわなにはまってるような気もします。人生の節目節目に大切なことを選ぶならともかくも、相手はサンドイッチです。つまらない、ちょこざいなものまで、いちいち選ぶ。

ターキーかハムかローストビーフか。

レタスを入れるか入れないか。ピーマンを入れるか入れないか。玉葱を入れるか入れないか。トマトを入れるか入れないか。

オリーブを入れるか入れないか。酢漬けのチリを入れるか入れないか。

マヨネーズを入れるか入れないか。マスタードを入れるか入れないか。

……矢つぎばやに質問を乱射されて、瞬時のうちに考え、決定をくだして、それを伝え、そして自分の選択に（そう、これが大切です）責任を持つ。自分で選んだそのサブ・サンドを食べるわけです。

やはり小さいときから、日本の定食式で育ってきてますから、この選べ選べが、あたしはうるさくてたまらないのです。即決即答できないこともままあります。どうでもいい、と吐き捨てたくなります。英語もたついて、すらりと出ません。それでも、サブ作りは、矢つぎばやです。それに答えさえすれば、どんなこまかな好みでも、満たしてくれるのです。望めば、何でもあり、なのです。

で、あたしはいいます。「ぜんぶ」と。

日々をたえまなく、選んで選ばされて選んで選びまくって、どんどん、何でもありな方へつっ走っていくような気がします。男はありかなしか。セックスは好きか嫌いか。籍は入れるか入れないか。子どもは産むか産まないか。一人か二人か。産み方はどんなのか。という具合に、どんどんどんどん。ああ例が単純すぎます。もっといくらでも、全方向に、選ぶべきことはあるんです。そういうことについて、あたしは、吐き捨てるように答えるんです、「ぜんぶ」と。

なんだか、あたしの人生みたいなサブのあり方だと思いあたったときは、目の前のひとつのターキー・サブ・サンドが、とてもけなげにせつなげに見えました。

〈ベーグル〉

ベーグルを食べるたびに、わかば矯正歯科の先生を思い出します。固いものを、固いものを、と先生はいつもいっていました。「このごろ日本の食べものは、ほんとに、やわらかくっていけません」

日本の文化そのものが、やわらかさを追い求めているように、日本の食べものはやわらかいと思うのです。

固いものを、固いものを、と先生はいっていました。で、ベーグルは、こんなに固いです。ユダヤ文化の根本には、いったい何があるのでしょう。ユダヤ文化を超え出て、こんなに世間一般に流布してしまったベーグルは、なんでこんなに、ねちねちしこしこした噛みごたえがあるのでしょう。その何に、人々はひかれているのでしょう。あれはパン種を、いったんゆでてからかまどで焼きあげるのです。ゆでてどうしてあなるのか、わかりませんけど、とにかく、ねちねちで、しこしこで、強靱な歯ごたえです。

焼きたての新鮮なベーグルを買えたときはうれしいです。焼きたても炊きたても同じですから。やわらかいというより、やさしいという感じで。でもちょっと時間が経ちますと、たちまちしっかりとひきしまって、弾力が出てくる。噛む。噛む。噛む。あごが疲れます。筋肉がきたえられて、乱杭歯も、受け口も、治っていくような気がします。自立の精神が、噛むごとに、あふれ出てくるような気もします。

噛む。噛む。噛む。物忘れもなくなり、恨みもつらみもちょっとやそっとじゃ忘れなくなり、根性もついてきます。

噛む。噛む。噛む。単純なくりかえしは、忘れていた記憶を呼び起こしもするのです。

別に波乱のない、平和な毎日ですが、ベーグルを噛むうちに、脳を刺激して記憶の糸をたぐり寄せてしまうから、どうも意識全体がずるずる、ずるずる、糸を引いて、記憶がよみがえる。引いた糸に、ぐるぐるひっからまって、ああこれではまるで納豆です。納豆なら、やっぱり、あたたかいごはんに戻りたい。こんなとこで、こんな固いものを噛みしめている場合じゃない。

〈ブリートー〉

揚げたトルティーヤで具をはさんだのは、タコス。生のトルティーヤにチーズを入れて焼いたのは、カサディーヤ。トルティーヤを細い春巻き状にして揚げたのがタキートス、揚げた大判トルティーヤに野菜を大盛りにしたのがトスターダ。本場のメキシコにもありましょうが、ファストフード化したチェーン店に置いてあるのは、土着のアクの抜けほうけた、インターナショナルな味になったものばかりだとききました。

大判トルティーヤで風呂敷みたいに具を包みこんだのは、ブリートー。具には煮豆が入っています。メキシコ料理に、煮豆は欠かせません。でも、あたしはそれがきらいです。あんこに忠義立てしてるんです。豆はやっぱり甘くなくちゃ。でもある日、なにごとも経験です。食べてみようと思いました。

手渡されたものは、ずっしりと重たい、ぬくもって湿っぽい紙の包みでした。手にしたとたん、あたしは、「あっ」と心の中で小さな叫び声をあげました。末っ子のトメの裸のおなか、本人は「ぽんぽん」と呼ぶ。ぬくもりも、やわらかさも、それにたいへん近かった。思わず、とてつもなく残酷なことを考えました。教えません。すぐに自分で否定しました。

包みを開くと、トルティーヤの皮にひっついた具が、つーと糸を引きました。溶けたチーズです。それからあたたかい、煮くずれた煮豆と肉のこま切れ。

「どうやって食べるのですか」とあたしはメキシコ人の従業員に（ここら辺はメキシコ移民が多いのです）、日本語のような英語で尋ねました。

「サルサとともに」と向こうもスペイン語のような英語で答えました。指さす先には、赤いサルサ（トマトがたくさん入っている）や緑のサルサ（緑のチリやトマティーヨでできている）が何種類もおいてありました。だからあたしは開けたブリートーの中に、ありったけのサルサを、酢漬けのチリも、ぶちまけて、また包みなおし、さて、食べようとしましたが。

ブリートーは、もはや収拾がつかなくなっていました。刻一刻と、水気と湯気でだらけてくる。かぶりつこうにも、持ちあげるそばから、とろけてほどけてくずれてくる。店内のどこにも箸はおいてません。フォークもないから、これは手で食べるものなんでしょう。

トルティーヤをちぎって具をすくい取ろうとしても、乾いた部分がない。指ですくうか、俗にいう犬食いしかない。しょうがない。ずるずるずるずる、口をつけて吸うように食べましたよ、人前で、まあ、あられもなく。こんなあられもなさを、ブリートーごときに強要されるとは思いませんでした。

そのとき、これによく似た感覚を、またまた抑えがたく思い出しました。今度はいいます。殺したての獣の、はらわたをむさぼる感覚です。あたしが昔、狼かなんかだったときのことですよ。こうして口をつけて、ずるずるずるずる生温かいのをすすり食ったものです。ええ。トメのような幼獣のはらわたは、とくにおいしかったものです。

「ブリートーは、けっして開けてはいけないよ」とつれあいがいいました。でも、そしたら、あのサルサは、どうやって食べるんですか。

「いったん開ければもう元には戻らない。中にサルサを入れると、何もかもが水びたし、持ちあげて食べてるうちにも、水気はぽたぽたしたたって、ひじまでぐっしょり濡れそぼるのだ。だからブリートーは、開けてはいけない」

開かずのブリートー。サルサは、ちょいとつけるか、食いかけのところにのっけるかして、食べていくんだそうです。

〈早めし食い……といえば〉

下戸と、早めし食いは、父からの遺伝です。父は、貧しい家に兄弟が多かった食生活と、軍隊生活とできたえられて、嚙んでるところを人に見せずにいつのまにか食事が終わっているという「食わず女房」のような早食いです。あたしは、ひとりっ子だし、軍隊にも行かなかったんですけど、早食いは、父から受け継ぎ、さらに子育てできたえられました。

幼児がぎゃあぎゃあ泣いてる、みそ汁をこぼし、コップをひっくりかえす、人が食べてるのにおひざにのぼってくる、動きまわるその口の中にむりやりに食べものを入れなければいけない、それから夫はおかわりというし、しょうゆは切れてるし、という状況で、母がごはんを三十分もかけてしたためていたら、家族全員マクラをならべて討ち死にですよ。いいえ、ほんとは母こそが、食べるという行為を楽しむ、ゆたかなゆったりとした食餌行動をとっていれば、おてほんにもしつけにもなるんだと思いますが、あたしには遺伝子がありますから、どうしても早食いをしてしまう。早食いするから、舌や喉につられてつい心が急いて、なおさら嚙まずに飲みこんでしまう。早食いゆっくり少しずつよーく嚙んで、と食べていたらダイエットにもいいはずなんですけど、子どもだった時分、あの父のいる家庭では、「そんなにいつまでも噛んでると、口の中でうんこになっちゃうぞ」と父がえげつないことをいうんです。たしかにあたしがゆっくり食べてるときは、きらいなものをいつまでも飲みこめずにいるときでした。父にいわれて、にんじんが、口の中で、身悶えしました。

早食いは、中学のお弁当の時間にとくにつらかったものです。

小学校は給食で、それがまた、ちがった意味でつらかった。あたしは、早食いではありましたが、好き嫌いの多い子だったのです。とくに「ミルク」がいやだった。今どきの人は知らないでしょうね。脱脂粉乳です。取っ手つきの大きな缶で運ばれてきて、生ぬるーいのが、アルミのカップにつぎわけられるんです。なかなか飲みくだせなくて、なんぎしました。毎日、なんだかんだいいわけしては、残していたんです。あたしの背の低いのは、給食のミルクを飲まなかったせい、と親はいまだに思っているようです。

献立は、ええ、さいてい。りゃんぱんさんすうという、やたらにチープな味の春雨サラダ。鯨の竜田揚げ、ちくわの磯辺揚げ。コーンカレーシチュー、おでんにパン。

揚げたコッペパンにシナモン砂糖をまぶしたの。たまに袋入りの「ソフトめん」が出ましして、その上にぬるいスープをかけました。めんが、ほぐれるわけがありません。ほぐさなくても食べられる、へんにソフトなめんでした。それが小学校の給食です。まずかったから、ぐずぐずぐずぐず食べてました。中学校はお弁当で、きらいなものは入ってませんから、つい早食いして、嚙まずに飲みこみ、ごはんのかたまりが喉につかえました。

　喉につかえると文字通り目が、白黒しちゃうんです。早食いして喉につかえたなんて、はずかしいから大騒ぎもできないし、ただじっと、人には知られないように動きも息もとめまして、目を白黒しながら、喉のつかえが下りてゆくのを待ってました。

　それでも父祖伝来の早食いですから、女子ではいの一番に食べ終わる。自分でもきまりが悪くって、それで、母に頼んで、豆ごはんやコーンごはんにしてもらうようにした。豆やコーンを、ひとつひとつ、箸で小まめに拾って食べて、拾って食べて、拾って食べて、あたしは必死に時間を稼ぎました。リハビリのような、お弁当の時間でした。

犬猫の口

猫は、口が奢っていました。

ある一種類のかんづめしか食べなくて、ドライフードも一種類のしか食べなくて、そういうのはほんとは偏食というべきなんですが、猫缶のラベルに金文字で「グルメ」だの「タイ」だの「ヒラメ」だのと書いてあるもんだから、奢っている、とついいいたくなるのでした。で、御猫様御用達の猫缶とドライフードを買いだめしたとたんに、猫は帰ってこなくなっちゃって。

その前にいた猫も、やはり、偏食のあまりに口が奢っていました。年取って固いものが噛めなくなり、さしみ三昧になっても、狩りを忘れませんでした。外へひらりと出かけていっては、あたしに、血まみれの獲物を届けてくれました。

それを思えば、犬がなんでも食べるのは、狩りができないからかと思います。

犬はまったく狩りがへたです。

ええ、今は、犬を飼っています。雌のジャーマンシェパードです。たまたま友達のところで子犬が生まれたという、縁というものをつい信じてしまうような理由でうちにいます。小さい子ども（シェパードは、子ども好きじゃない）と犬嫌いのつれあい（昔、警備中のシェパードに泥棒と思われて咬まれた経験あり）がいる家庭で、大丈夫か、と思いましたけど、縁には勝てません。

このへんは郊外の住宅地ではありますが、豪気にも空き地がたくさんあり、荒れ地と呼びたいほど草木が伸びさかり、野の動物が棲みついているのです。犬を連れてそこをほっつき歩きます。春なんてとくに、歩くそばから野ウサギや地リスがぱあっと、日本の晩夏の野原を歩くと足元からバッタが飛び立っていくみたいに、逃げ散っていきます。犬が追いかけるのですが、獲れたためしがない。すさまじいいきおいで追いかけるのですが、だめなんです。こんなもの、野生に戻したらたちまち飢え死にです。犬科のどうぶつは、単独で忍びよって襲いかかる猫科とはちがって、群れで暮らし、走って走って狩りをするのだということです。それを考えれば、ウサギが獲れないのも、まあ、しょうがないかも。群れのメンバーのあたしたちが、犬の狩りに非協力的なんです。

しかしそれでも、群れ（家族）に対する犬の帰属心は不変です。荒れ地でよその犬に出会うと、いきなり毛を逆立てて、がほほほと吠えたてます。相手が、年取ったバセットハウンドを連れたおばあさんだったりすると、もう、ひっくりかえらんばかりにたまげるので、申しわけないなーと思うんですが。

郵便屋さんや宅配屋さんが戸口に立っても、がほほほほほほと凄いです。親しい客にもがほほほほほほ。みんなすっかりびびります。しかし毛を逆立てて、がほがほと吠えてる犬に、吠えつかれている人が犬ビスケットを差し出せば、犬はたちまち考えをあらためて尻尾をふりつつそれを食べ、食べ終わると照れかくしにがほんと一声、吠えてみせて、あとは寝たふりをします。

番犬のつとめを果たしているというより、家族以外はみんなきらいなんです。家族は好き。ものすごく好き。自分との境目がないくらいに好き……これもまたシェパードの性格だそうで。過剰に家族に依存して、過剰に警戒心が強く、何がなんでも家族を守りたいという。その結果の、がほほほほほです。自分の身くらい自分で守れるわよっとあたしは思うんですが、かまわず、犬はあたしたちを守る。年取ったバセットハウンドを連れたおばあさんや郵便屋さんやローセンバーグさんたちから。誰も疑わず、誰のことでも好きになり、誰とでも遊びたいというような犬（たとえばゴールデンレトリバー）を、あたしは内心うらやみました。

がほほほほと番犬の鑑。になるはずだったのですが、このごろ、犬は秘密を持ちました。おいしいものを食べたかったのです。

犬のごはんは、かんづめの肉とドライフードです。猫とちがって、メーカーにはこだわりません。訓練のときやごほうびとして、たびたび犬用ビスケットをもらいます。しかし犬のほんとうに食べたいものは、じつは人間の食べてるものなのでした。

残りものを犬にやっているのは、訓練士にはないしょです。いったら、ぜったいだめだといわれそうなので。でも、あたしは、残りものをやるのをやめられません。おいしいものを食べたいという気持ちも、おいしいものを食べたらうれしいという気持ちも、痛いくらいわかるので。それで肉や魚を、いつも多めに残しては、骨をはずして（チキンの骨は喉にささる）玉葱を取りのぞき（犬は玉葱に中毒する）犬のごはんにのっけてやる。犬は、まず残りものを食べ、つぎにかんづめの肉を食べ、さいごにドライフードを食べるんですが、ドライフードだけになっちゃって、いつも少し残します。なんだか日本人が、おかずがなくなっちゃった、といってごはんをもそもそ食べてるような感じなので、ついふりかけでも出してやる心持ちで、かんづめの肉をまたちょっとまぜてやります。犬の口も、奢りつつあるなと感じているのですが、やめられません。

ところが、こないだ台の上に置いといた残りものの肉が消えた。台の上に置いたまま、中身だけそっくりなくなっていまして。犬には届くはずもない高さ、とあたしは思いこんでいて、誰かが犬にやったんだろうと思ってました。それにしてはきれいになめ取られすぎていたんです。

二、三日して、また同じことが起きました。密閉容器に入れて、蓋はしないで、台の上に置いといたビーフシチューが、容器はそのままで中身だけすっかり消えた。てっきり上の娘が、片づけを手伝うふりをしてたいらげてしまった、と思いこんで、次の日、当の娘から、「シチューの残り食べていい？」ときかれてやっと気がつきました。たしかに、まるでソースにパンをひたしてお皿をふきあげたようにきれーいになっていた容器は、まるで犬が舌でなめ取ったようなきれいさでした。

それからついにあたしは現場をおさえました。ごはんのあと、子どもたちが全員二階に行きまして、とうぜん、犬は群れの仲間についていったんですが、しばらくしたら、犬だけ、とことこと降りてきた。あたしは目をうたがいました。「スワレ」といわれればすわるっきゃなくて、おしっこに行きたくても、くんくんと訴えて、誰かに「スワレ」を解除してもらわなければ動けない、と訓練されてたはずなんです。それに加えて、あの過剰な、家族に依存する体質。外で、ほら遊んでおいでとつなを放してやっても、あたしたちのあとをついてくるしかないんです。自分の意志なんてカケラもないと思っていました。ところがその晩は、たしかに自由意志で、残りものを食べに降りてきたわけ。

盗み食いはあさましいからやめてもらいたいと思う反面、自分の意志で、台所に行って、おいしいものを見つけて食べるということを発見した犬を祝ってやりたいとも思うんです。きちんと犬を飼うには訓練って大切なんでしょうけど、なんか、自分の意志を持つってことも、すごく大切だと思ってしまう。それはもう、切なくなるくらい。

今日もごはんのあとに、台所にふらりと犬はやってきて、台の上を見つめていたものですから、「何もないよ」といいましたら、こそこそした上目使いにこっちを見て、肩を落として、しょんぼりと歩み去っていきました。

葛の恋

ああもうそれは、切なくなるくらいそういうものが好きなのでした。透きとおって、ほのつめたく、つるん、ぷるるん、としたもの。寒天も、ゼリーも、プリンも、葛桜も、わらびもちも、水ようかんも、牛乳プリンも、煮凝りも、おきうとも、こんにゃくゼリーも、ところ天も、じゅんさいも。

この夏、日本に帰ったあたしは、水まんじゅうというものを食べまして。葛桜に似て、小ぶりで、葛桜よりはあんこが少なく葛が多く、塩漬けの桜の葉をうちしいた上に、蜜に浸かって、冷ややかである。スプーンですくって口にいれると、蜜ごとじゅるるると、舌を使ってすすりこまねばいられないような、そこに、あの、寒天でもない、ゼラチンでもない、これこそあらゆるつるんぷるんの理想じゃないかと思うような葛が、あるわけです。それで、たちまち、葛と恋に落ちた。

恋した目であたりを見回しますと、ｉＭａｃが、ボンダイブルーでもブルーベリーでもない。半透明な、ぷるるんとした、葛色でしたよ。

子どものころから和菓子が好きでした。町の和菓子屋に行って、小学唱歌を歌うみたいに、四季折々の和菓子を選んでくるのが好きでした。東京の六〇年代ですから、季節感はほんとに貧弱、町はずんずん汚れていったころです。空き地はなくなるし、草木や虫や、鳥もいなくなるし、星空は見えないし、そんな中で和菓子屋には「思い出」みたいに季節があった。ところがそんなときでも、夏になって、それまでのもち菓子上生菓子が、いきなり錦玉じみてくるのには、失望していました。

あんこじゃないくせにくそ甘いからです。あんこが甘いのはいいんです。そういうもんだと思ってますから。でもあんこが入ってなければ、何のために食べてんだかという気になります。あんこがなぜこんなに慕わしいのかについては、またいつか考えます。

もうひとつの、そしてより本質的な不満は、固すぎるってことです。寒天はだいたい固い。母の作る、寒天型で固めて切って食べたみかん入りのやつなども、それから蜜豆の四角いやつも、寒天は固すぎると思っていました。外側が固いあまりに包丁はすらりと入り、つるっと切れるんです。ゼラチンと寒天のちがいは、何と形容したらいいのか、動物質と海藻質というか、死体のぬめりとよどんだ水にたまる澱《おり》のぬめりというか、ゼラチンがぷるんなら、寒天はつるん。いやあまりにも主観的なので取り消します。

七〇年代にコーヒーゼリーというものが流行りまして、あたしもやたらと食べました。あれはゼラチンで、弾力性があって、ぷよぷよというか、ぷるぷるというか、そこにミルクと蜜をかけて、ずるずるとすすり食いました。

すすり食ふ。ここは旧かなにさせていただきます。やはり、食ふでなけりゃ気分が出ません。それをいうなら、タピオカのココナッツミルク黒蜜がけも、つるんぷるんをすすり食ふ。伝統的な白玉も、だんごよりはるかになめらかなものを、蜜ごと、すすり食ふ。ああ、いい、おう、いい、と舌の上をころがり喉をくだる。

今までにも、葛桜だ亀戸天神だ、ちょっとちがうがわらびもちだと、この手のもの、つまりゼリーでも寒天でもない葛系のぷるぷるを食ってきたはずなのに、この水まんじゅうほど、思いつめたことはないです。おそらく水まんじゅうではじめて、白玉やコーヒーゼリーのように先行するものはありましたが、きなこにむせるのをやめ、ねっとりした蜜もやめ、桜の葉でつつみこむのもやめて、水との境界があいまいなままに、何もかもいっしょにすすりこむという行為に走ったんでしょう。つるんぷるるんが水ごと流れこんで、舌や口腔喉頭の粘膜が、ああ、おう、いい、いいわあ、とあえぐんです。

ああ何か思い出しそう。つるり、ぷるん。ずるずる。もう少しなんですが、思い出せません。先祖が常食にしていたカエルの卵？　あるいはドングリ、ヒガンバナ？　カエルの卵はともかくも、ドングリやヒガンバナなら、先祖たちが、つき砕いて水で晒して粉にして煮て、ぷるぷるの「もち」状にして食べてきたのを知っています。クズもワラビも、そうしてきました。思い出したわけじゃなくて、本で読んで。

つるんぷるるんは、ぱんやむしぱんほど、母のおっぱいにそっくりなわけじゃない。ごはんの炊けるにおいは、あかんぼのうんちのにおいにそっくりです。精液はどうかと一瞬思ったんですが、あれは、どろりとしてるだけでつるり感はない。いや、こんなユングなことをいってたってしょうがないか。

つるん、ぷるるんしたもの。かりかり、さくさくしたもの。ふくふく、もちもちしたもの。ずるずるすすりこむもの。

でもあの異文化の、あたしのつれあいなら何というか。葛ものとゼラチンものと寒天ものを、三つならべて、どれがうまいかと訊いてみれば、あやまたず彼は、ゼラチンをえらぶと思うんです。東欧に広く分布する、肉や魚をゼラチンでパテ型にかためたやつは、ぷりぷりしこしこ、おいしいですけど。ポテトとベーグルを常食にしてきて、「こんなにおまえを愛しているけれどもヤマイモとナットーは食べたくない」、というあのつれあいです。食べものには敏感で繊細と本人は思っているのに、昆布のうまみは何も理解しない、「ただの水と思ったよ」、なんてへいぜんとしていうつれあいです。

そういえば、カリフォルニアのうちのそばの、アジアの食品なら何でもあるというスーパーに不思議な飲み物があります。薄緑色の液体の中に、黒い点々のある透きとおった紐状のカエルの卵がとぐろを巻いている、ようなもの。注文するにもなんて名前かわかんないです。愛とか玉とか凍とかいう字が書いてあるやつがそうだと思うんですが、はっきりしない。見本があるので、これ、と指さします。すると氷をしゃっしゃっとかいて上にのせてくれます。で、飲むのですが、正体がつかめません。甘いのです。舌触りは、つるつるで、ぷるぷるで、ずるずるして、ぷちぷちです。

物知りの友達が、「ああそれは、バジルの種」といいました。「バジルの種にはこまかな毛がさわさわ生えていて、水につけておくと、毛のまわりにああいうぷるぷるができるのよ」

その店には、粉のコーナーに、ありとあらゆる粉が売っています。いったいどの文化のどんな人が、何の目的に、こんなにさまざまな粉を必要としているのかわからない。

米の粉、麦の粉。豆の粉。トウモロコシの粉。カタクリ粉と称するジャガイモの粉。タピオカの粉。ワラビの粉と称するサツマイモの粉。レンコンの粉。ウリの粉。中国語で何何瓜と書いてありますが、どんなウリだか、わかりません。漢字とアルファベット以外の字がおおいに書いてある粉もあります。何もわかりません。わかるのは人々がそれをどうにかして食ふということです。

あたしは、そういう粉でもって、人は、すする麵を作るか、ふくらむぱんか、もちもちするだんごを作るかと思っていました。しかしこうして葛のことを考えたあとでは、そのうちのかなりのものが、ぷるぷるつるるん、という舌触りを極上と思う人々のために、使われているような気がしてきまして。舌の上、喉の奥で、ぷるぷると味わうたびに、ああ、いい、ああ、いい、とため息をもらしてしまう人々。それはあたしもです。

丸い地球の水平線に

カリフォルニアというところは、空が青い。もうそれは、ばかばかしく青い。その空を飛ぶってことを考えると、心がちりちり焦げるような気がします。ハンググライダー場が近くにありまして。海を見下ろす崖っぷちの上に。ユーカリの林でかこまれたごつごつした岩だらけのところです。そこにはいつでも風が吹きわたっていて。このごろ、十三になる娘とあたしは、しょっちゅう、毎週のように、ここに来ます。飛んでるのを見たいのです。青い空にぽかんと浮かぶパラグライダー、下で見上げているあたしの上をす速い雲かなんかのように影をつくってさあっと通りすぎていくハンググライダー。人がひとり、翼を背負って、崖っぷちに立って、いさぎよく落ちる離陸の瞬間。水平線は丸く、草は風に揺れ、鳥は風に流される。なんてことを考えると、もう、ほら、ちりちりちりちり。

ハンググライダーとは、『風の谷のナウシカ』のメーヴェをもう少し不細工にしたようなもので、鳥の翼型、人はその翼の下に水平になって、空を飛ぶ。パラグライダーというのは、空中に浮かんだっきりのぶらんこか、下に降りるのをやめたパラシュートのような感じ、人は腰かけた姿勢で空を飛ぶ。どちらかといえば、あたしはハンググライダーに乗りたいです（あたしも、と娘が）。腰かけて空を悠然と見わたすより、空と心中するような姿勢で、空を飛びたいのです。

じつは、公開ためし乗りがあります。大きな看板が立ててあって、「今、飛ぼう。たった一二五ドルで、あなたは空の中。指導員といっしょに新しい体験を」と書いてある。やってるのを見ますと、パラグライダーは指導員にだっこされるようにして乗り、ハンググライダーは指導員と寝て抱きあうようにして乗るんです。エロティックです。

あたしは、何度も考えたのです。一二五ドル。円にしたら、一万三〇〇〇か四〇〇〇か。安くはないけど、空を飛ぶんですから高すぎるとも思わない。でも、やる気になれないんです。たぶん、あたしにとって、夢だから？　飛ぶっていうこと。その夢を、通りすがりの指導員に指導されて現実化するのがいやなのかも。どうせ誰かに指導されるなら、心中してもいいと思い定めたような男と飛びたい。いいえ、どうせ空を飛ぶのなら、誰にも、どんな男にも指導されずに、一人っきりで飛んでみたい。

　あたしは十三歳の娘に、「やってみる？」と声をかけます。

「こんどの誕生日。あるいはクリスマスのプレゼントに」

　娘はそのたびにつぶやくのです。

「いい」

　この娘の心も、やはり、焦がれているはずなんです。だから毎週のように、ハンググライダー見にいこうよとあたしを誘い、ほいきたっとあたしはたちまちエンジンをかけて（気乗りのしない姉や妹も引きずって）やって来るのですけど。

「誰かといっしょなら乗りたくないもん」

　ああこの母にしてこの子あり。あたしたちに空の青さはなかなかつかめません。

　空のけたたましく青い日、あたしたちはあたしの友達に先を越されました。

　あたしの持つ夢を、友達に教えたかったのです。それで、連れていきました。ハンググライダー場についたときは、青い空一面にグライダーたちが飛び交っていました。

めったにないくらいゴージャスな光景でした。ここが竜宮城だとしたら（もはや空と海との境目はないくらい、空も海も青くて、空も海も輝いていましたから）鯛や平目の舞い踊りという光景はまさにこんな感じかも、と思わず考えたくらいでした。

友達は、だまって見ていました。この友達がだまると、それは感動したということで、感動したということは、彼女も空を飛ぶ夢を見ているということなんです。次の日、「どこに行きたい？」と訊くと、「あそこにまた行きたい」という。それでまた行きました。そしたら友達は、「乗ってみたい」といい出した。

その日、空はあいかわらず、そして申しぶんなく、青かったんですが、あいにく風は薄かった。いくつか飛んでいたのも、降りてきて、翼をたたみはじめたりしていました。空を飛ぶのに必要なのは、空の青さというより、やはり、まず風の強さです。風が回復するまで待って、友達は、ヒゲもじゃのむさい小男、指導員なんですけど、それに連れられて崖っぷちへ行き、さなぎの皮のようなものを背負わされ、ベルトを何本も（それはぜんぶパラグライダーの傘につながっている）身体にくくりつけられていきました。

ああ、二十数年来の友達が空に、飛んでいってしまうとあたしは一瞬狼狽しました。

あたしを置いてけぼりにして、勇敢に（向こう見ずに？）（自由自在に？）（かるがると？）飛んでいってしまう友達を見送る、羽のないあたし、ってな感じでした。もはや、風が吹いてさらわれてしまうのを待つしかないのか。

友達は、背中に、衝撃を緩める荷物とむさくるしい指導員とパラグライダーの黄色い傘をかつぎ、おびただしい紐を引きずって、走り出しました。そして崖から飛んだ。

いったんひううと下がったから、だいじょうぶかっと思ったのもつかのま、風をつかまえて上がってきまして。指導員が操縦しているんでしょう、すーいすーいとあたしたちの目の前を行き来するんですけど、ああ来る来る、と目を凝らしていても、海も空もまぶしいんです、何も見えない。すーいと通りすぎる一瞬に、友達の着ているシャツの赤だけ、ちらりと見えるんです。ところが、やがて風がぴたりとやんだ。黄色い傘はすううと下がっていって、崖の向こう側に消えて、それっきり上がってこなくなりまして。おそるおそる崖っぷちを這っていってのぞきこみますと、はるか下、砂浜の上に、友達と指導員が立ちつくし、しぼんでくしゃくしゃの黄色い傘を見つめておりました。

「友達が浜辺に着地しちゃったんですが」と受付で訊きますと、「歩いて帰ってきますから大丈夫ですよ」といわれました。

「崖は高くて急なんですけど」といいますと、「いい運動になりますよ」といわれました。それで友達は、高くて急で、ごつごつした崖を、まっ赤な顔して登ってきました。

「はー、はー、この、登りが、はー、はー、いちばん、たいへんだった、はー、はー、下はなんと、はー、はー、ヌーディストビーチで、はー、はー、ふりちんの男がジョギングしてるし、ふりちんでバーベキューしてるし、はー、はー」と友達はあえぎました。

「どんな感じ?」とあたしは深淵をのぞきこむ気持ちで訊いたんです。

「ぜんぜん、こわくなかった。離陸したときも不時着したときも」と友達がいいました。

「空に飛び出したときも?」

「ううん、ぜーんぜん。すっと行く。あっけないもんだったよ」

(そうか、あっけなく飛んでしまえるものなのか……)

「でも空に出てから、やっぱり緊張してたみたい、センセイが力を抜いて楽にしろといった。そのとたんにああこの人に、命を預けてしまおうと考えた。命を預けるなんて考えるのは、ちょっとセックスみたいだった」

（ああやっぱり……あんなにむさい男でもやっぱり……）

「力を抜いたら、とても上手とセンセイにほめられて、気持ちよかった」

（ああ、やっぱり、たしかに、セックスなんだ……）

「そしたら鳥が下を飛んでるのが見えて、人が崖っぷちに立ってるのも見えて、あぶないですよーって声をかけたくなった」

（そうか、鳥の上か……）

　あたし、昔、よく飛ぶ夢を見たんです。ほんとにしょっちゅう見てました。このごろさっぱり見ません。

　あたしの飛び方は、こう、両腕を下に振りおろすとばさりと音がして、ふわっとからだが浮くんです。そして思わず、そこにある家や木を飛びこしてしまうのです。ふわりと行ってしまう感覚におもわずたじろいで、しかし快感に有頂天にもなって、もっともっとと飛ぶうちに、あたしはもう自由自在、飛べる飛べる、いくらでも飛べるようになる。ああ思い出しただけで、心がちりちりと焦げます。こんな夢、人に話すとたいてい、性欲がどうのこうのと生半可な解釈されていやな感じでしたけど。

なんてことを友達に話したら、友達は、やはり飛ぶ夢をよく見る人の話をしてくれました。友達の知り合いのボーイフレンドとかいう男なんですけど。地面からほんの二〇センチくらい浮かんで、平泳ぎで、人の足をすいすいかきわけて飛んでいくんだそうです。

「こうやって（平泳ぎのまねをして）すいすい、このへんに（頭の上をさして）人の足がたくさんあって。そのあいだをすいすい。こーんな（あたしたちの足元、ほとんど地面を指さして）低いところを。飛ぶっていってもいろいろあるんだねえ」と友達がいいました。

ちがう、これじゃない

異国に行って見知らぬものを食べたいというのが夢でした。料理を見ても味の予想がつかない、食べてみても、材料も料理法も、何をどうしたのか想像もつかないようなものを食べたいと。

ところがじっさい外国に、飛行機に乗って行きまして、見知らぬものを食べますと、たいてい口にあいません。

乳製品はいつもあたしの弱点でしたし、薬味薬草類は鼻について離れないし、魚も獣肉も臭くてへきえきして、脂っこいものには胃がもたないのでした。

それでもいいと思うんです。

見知らぬものは、見知らぬもの。それっきりもう食べる気になれなくても、食べられなくても、つかのま、「ちがうなー」と感じられたら、それでいいかと思うんです。

辛いものを食べて、脂っこい、くさいものを食べて、「やっぱり、どうしても、こんりんざい、ちがうなー」と思う、それが目的のひとつ、いいえ、それこそが目的だったと思います。

和食って、そういう意味では、どんなおいしいものでも、「考えもつかないような」「想像も絶するような」「どんなに考えても素材も作る過程も想像できないような」ものにはならないでしょ。

いつだったかほんの短期間日本に仕事で帰ったら、会う人会う人、「和食がいいでしょう、なつかしいでしょう」といって高級な和食屋で、おいしい和食をごちそうしてくださる。ところがどこにいっても同じようなものが出る。時候の挨拶のようなもんで、ほんの二、三日のあいだのことですから、同じ季節だ。まったくとんでもないものは出てこない。食材が同じだと調理法も似たようなもので、まったくとんでもないものはやはり、カルダモンとクミンでマリネしたり、にんにくとトマトで煮込んでみたり、香菜やミントをきかせたりっていうのは、出てこない。そりゃ和食です。おいしいです。でも食べる前からわかってしまうんです。そしてあいかわらず、会う人は、親切に「和食がいいでしょう、予約しておきましたよ」といって、すてきな和食屋に連れていってくださる。……おかねがもったいないと思いました。ごちそうしてもらってそんないいぐさもないもんですが。

その旅のあいだいちばんおいしかったのは、友達が自分ちの台所で作ってくれた、正体不明の米の麺、辛くて脂っこい、香菜が山盛りのぬーどるでした。

今まで旅をして、「ちがうなー」と思ったものといったらやっぱり（と遠い目をして）ワルシャワの安食堂で食べた、そばの実入りの血のソーセージ。ワルシャワ大学のカフェテリアで食べた、りんご入りの豚の脂をぬったライ麦パン。ポーランドの山の保養地の露天バザールで買った、手榴弾みたいな羊乳のチーズ。ポーランド人の友達の家で食べた、臓物のシチュー。臓物のいろんな器官がごった煮で、どんなに煮込んであっても、形や色が残ってるから、杉田玄白の『解体新書』みたいなものを想像しちゃって。

ちがうちがうと思っていても、食べてるうちにけっこう慣れたのは、ポーランドのライ麦パン。乾いていて。甘みがなくて。すっぱみがあって。苦みもあって。重たくて。その上古くてぼそぼそしていると、なんだか、じっと手を見てしまふような味ですけれど、慣れました。それしか食べるものがなかったので（ポーランドにいたのは、ベルリンの壁の瓦解前の、戒厳令の、食糧難の時代でした）。置いといて発酵させただけの古牛乳も、それを煮てかためる白チーズもやっぱりいつしか慣れました。ポーランドってところは、発酵牛乳を（古牛乳も、ケフィルやサワークリームも）あたしたちがしょうゆを使うように使うところで、住むからには慣れずにはいられなかったのです。

マニラで、食べるに食べられなかったのは、通りを売り歩いていた人から買ったあひるのゆで卵。中にひなができかけている。そのできかけのくちばしや羽なんかも、食べるんです。

ホーチミンの路上で売っていたのは、ひなのから揚げをまるごとパンにはさんだの。バゲット風のすごくおいしそうなパンでした。子どものころ、屋根にスズメの巣があって、運のないのがときどき落ちてひしゃげていました。丸はだかで、目もあいてなくて。あんなのを集めてきて揚げたのかと思ったひなのまる揚げ。しかしそれは、ただ観光で行ってひとりで歩いていた路上で見たものですから、地元の人の気持ちにはばかりなく、「えー、なにこれー」と思えて楽でした。

モンゴルのゴビの、ゲルの中で食べた、らくがんみたいなチーズは、乾きすぎていてチーズのにおいはしませんでしたけど、口に入れたら凝縮された乳の臭みがとろーっと溶けて口の中いっぱいにひろがるであろうことは必定、「さあどうすんだ」と思いましたけど、「どうだ、うまいか」とみつめるゲルの主の気持ちが喉に詰まるようで、あたしは、「うんうまいです、うまいです」と通訳に伝えながら必死で飲みこみました。ここも観光だったんですけど、たまたま通訳がそこらのゲルに話をつけて、招待してもらっちゃったのです。乳で作ったビールみたいのは、案外、いけました。

　アイルランドの北の果てのＢ＆Ｂで出されたラムのローストとミントソース。あたりは何にもないところでただ一軒のＢ＆Ｂが、レストランを兼ねた。

　モンゴル旅行のとき、殺したてのヒツジの解体を手伝って、といったって死体のはじっこをおさえていただけだったんですが、それ以来、羊肉は鼻について、近寄る気にもなれません。

　ラムのローストだけでも、「どうすんだ、こんな獣肉」と思いましたけど、それにミントソース、緑のミントをすりつぶしただけのようなソースですよ。どうすんだ、チューインガムじゃあるまいし、と真剣にうろたえました。

ネパールで食べたものは、植物性のものが多かったせいか、違和感はあっても食べられないってことはなかったです。とくに蜜にひたしたおだんごのようなものがうまかった。あとでそれはインド料理にもあって、ミルクを煮固めたものだとききました。それなら基本的に、あのモンゴルのらくがんチーズやポーランドの手榴弾チーズと同じようなものです。甘けりゃなんでもおいしいぞってところが、味覚的に、あたしは未熟なんでしょうね、なさけなや。

と今までならべてきたのは、「ちがうなー」というものです。でも、同じ「ちがうなー」でも、そこにもう一種類の「ちがうなー」がある。

こういう納得性のある、いわばげてもの、血とか腐れものとか、本来は捨てるべきところとか、よその文化では食べものとも思ってないものとか、そこの文化の中に生まれ育った人じゃないと許容できないもの、そういうのとはちょっとちがう「ちがうなー」についてあたしは話したかったのに、ついげてものの方が、ケンランゴーカでアクロバチックで、話しててておもしろいのでした。

話したかったのは、ふつうの食べものではあるんですが、どこか奥深いところでしみじみと「ちがう、これじゃない」と感じるもの、何かと比べているから「これじゃない（あれ、もしくはそれであるべき）」と思うんです。名指ししてしまえば「タブーリ」で、比べているのは「お米のごはん」です。あの、白い、あたしたちがケにも食べハレにも食べ、食べずにはいられない、あのごはん（粒の短いジャポニカ米）。

タブーリは、もともとシリアの食べもので、地中海のあのへん一帯にあります。生のひきわり小麦をレモンとオリーブ油のドレッシングに漬けて、みじんぎりのパセリや玉葱やトマトやセロリをたくさん混ぜこんだもの。

クスクスに、似ていますがちがいます。クスクスは小麦を粉にして、細かい粒に精製しなおしたもので、いってみれば根本はパスタと同じ、だからお湯に入れて火を止めて、五分もおけば、しんまでふわふわというインスタント性がある。それにひきかえタブーリは、ひきわり小麦をドレッシングに漬けとくだけだから、火を通していないわけで、炊けてない穀物を食べてるような（そうなんですけど）しんが残る。

しんが残る。

これがあたしたちお米の食文化を背負った人間にとっては致命的なのであります。それがあるために、げてものにたいするような忌避感はないのに、違和感だけが残り、炊きそこなったしんのように残り、心の奥底で、「ちがう、すごくちがう、救いようがなくちがっている」と叫んでしまうのでありました。

最初にタブーリを食べたのは、パリを旅行していたときです。貧乏でレストランに入るお金がなかったので、夕食はおそうざい屋で調達し、ホテルに持ち帰って食べていました。いならぶおそうざいから「タブーリ」を選んだのには、絶対不可避な理由があります。

まず、外国旅行中で、米のめしに飢えていた。

そしたらそこに、米のめしのようなものがあった。

さらに、それが何なのか、誰も説明してくれなかった。

で、変種のごはんがちょっとサラダっぽくなったやつかも、などと淡い期待を抱いて買ってかえって食べてみたら、とんでもなかった。ぺっぺっと吐き出さんばかりの違和感に七転八倒したってわけです。そのときの気持ちは。

裏切られた。ごはんというよりなま米に近く、しんがある。

裏切りごはんのくせに、パセリにまみれて青臭い。

裏切りごはんのくせに、レモンにまみれてすっぱい。

裏切りごはんのくせに、オリーブ油にまみれて油っこい。

　つまり、あたしの考えるところ、それはただの客観的な違和感だけではない。「（ごはんを食べたいと思ったのに）裏切られた」という感情的なもつれがそこにあり、ごはんにあってはならぬパセリやオリーブ油が目の前をうろちょろと横切り、「ちがう、これじゃない」は悲鳴になり、それでよけいややこしくなったのであります。

「タブーリ」はパリのおそうざい屋だけではない、カリフォルニアのおそうざい屋でも、各地のギリシャ料理店でも、あるものですから、一回経験して懲りたはずなのに、あたしはそののちも、たびたびそれを注文してしまって、そのたびに、ひなのできかけや、獣肉にミントソースや、くさいチーズにクサヤのひもの、なんというのとはちがった、感情的な違和感を感じたものです。

　ところが、いつしかあたしはそれを積極的に食べるようになりまして。

娘たちを連れてカリフォルニアに移民してきて、異文化にむかって緊張していたころです。パセリや玉葱の刺激も、レモンの酸味も、しんの残る落ちつかない感じも、受けいれてみようかと思っていたのです。あのころはよくタブーリを買ってきて食べました。自分で作ってみたりもしました。で、だんだん、異文化になじむにしたがって、肩の力が抜け、お米も、アジア食品店じゃなくて日本食品店で、こっちの銘柄じゃなくてカリフォルニア産のあきたこまちかなんかを買うようになって、ひんぱんに炊くようになって、日本の生活が少しかたちを変えて、こっちの生活に適応したかのようになりました。そしたらもうあんまりタブーリが必要じゃなくなりました。

今は異文化には慣れましたが、あんまり同じめんつで毎日同じようなことを考えて暮らしてますから（それを家庭生活という）、あたし自身が梅雨時のおせんべみたいに湿気てしまったように感じます。ときどき、風穴をぶちあけてやりたくなるのです。そんなときにも、タブーリです。で、買ってきて、食卓にそよ風波風をたてようとするんですけど、やはり「ちがう、これじゃない」。それで、あたしはしょうゆをかけるんです。はははは、タブーリにしょうゆ。炊きたてのごはんに合うんです。これがまた。

しろみちゃん、卵ですよ

卵が好きなんです。

甘い東京風の卵焼きもだし巻きも、温泉卵も目玉焼きも、ゆで卵の半熟も固ゆでも、ふーよーはいもフリタータも、スクランブルドエッグもオムレツも。

すき焼きも、あたしにとっては、卵料理。

前の夫と別れる直前にしたケンカは、やはり今から崩壊しようって関係ですから、くだらないことでよくけんかになっていたころでして、今でも覚えているそれはひどくくだらない、でもそんなくだらないことで双方とも真剣になって、それが、「すき焼きは、肉料理か卵料理か」っていうのでした。あたしだって、すき焼きのメインは肉だくらいは、わかってます。でもあのころは、やけっぱちになってましたから、どんなつまんないことでも容赦なくけんかにもつれこんじゃって、ゆずれなくって。まあいい、昔話は。

きんかんというもの。鶏の内臓ですね、めったにみかけませんけど、まだ卵になる前の黄身だけが、殻も白身もなくて、ぞろぞろとつながっている。あれも好き。レバーなんかといっしょに甘辛く煮付けて。

うずらの卵も大好き。ぴーたんも好き。近所にダチョウの飼育場があります。カリフォルニアってとこは広くって荒れ地ですから、もうだだっ広いところを仕切って、柵を作って、中に何十羽とダチョウが飼われている。聞けば肉用、卵用に飼っているのだと。いちど食べてみたいと思っているんです。

卵なら何の卵でもいいのか。

いいんです。

卵生、なんてことばも、聞いただけでわくわくする。らんおう、らんし、らんそう、ぎょらん。わくわくしすぎてくらくらしてきましたよ。

タラコもイクラも明太子もトビッコもキャビアも子持ち昆布も、薄味で炊いた魚卵も魚卵の煮付けも好き。

亀の卵に、蛙の卵、優曇華《うどんげ》の花（クサカゲロウの卵）。いや、こういうのは、食べたことがないです。想像ならいっぱいしました。自分が食べてる海亀の卵。『ロビンソン・クルーソー』です。ロビンソンが食べるんです。海亀を殺すと、おなかからいっぱい卵が出てくるから、砂の中に埋めてたき火をして焼いて食べるんです、たしか。子どものときからうまそうだなあと思って読んでいました。無人島といったって、海亀の卵と自家製のレーズンがあるんだから、いうことないじゃないか、と。

　ドリトル先生もそうでした。

『ドリトル先生アフリカゆき』*1で、ドリトル先生がどんどん貧乏になっていくんですけれども、先生はぜんぜん気にしない。そして「いいさ、ニワトリが卵《たまご》をうんで、牛が乳《ちち》を出すあいだは、オムレツとお菓子《かし》がたべられるじゃないか」といってるんですけど、子ども心に、「そのとおりだ」とひそかにうなずいておりました。

　オムレツも、砂に埋めて焼いた卵も、なんでもおいしく食べますが、じつは、生卵ほど、好きなものはない。

　ぐりとぐら*2は、もりのなかで大きな卵をみつけます。

「……おつきさまぐらいの　めだまやきが　できるぞ」

と、ぐりが　いいました。

「ぼくらの　べっどより、もっと　あつくて、ふわふわの　たまごやきが　できるぞ」

と、ぐらが　いいました。

「それよりも、かすてらが　いいや。あさから　ばんまで　たべても、まだ　のこるぐらいの　おおきい　かすてらが　できるよ」

この絵本を、子どもに読んでやるたびに、あたしならどうするかと考えました。子どもは代々この絵本が好きで、いまだに末っ子が読んでるので、あたしはしょっちゅう考えているといってもいいんです。

だいたい、あのお話の卵は、得体が知れない。拾ったものを食べたりしたらだめですよ。割ったら、できかけの恐竜がぬるりと出てきたら、なんて考えると黄身が悪い。でも絵本ですから。無理矢理に、あれはたんに鶏卵が、お話の都合で大きくなっただけのおいしいものと考えてしまうわけ。

それなら、あたしは、「泳げるくらいに大きくてたぷたぷの半熟卵ができるぞ」といおうか。「夢の中でなつかしさに泣いてるような温泉卵ができるぞ」ともいいたいけど、ああ、やっぱり、「食べても食べてもなくならない生卵かけごはんができるぞ」かな。

子どものころ、父が、生卵を呑むのを見てたんです。

卵の殻にちょいと箸で穴をあけて、そこからしょうゆを少したらして、ちううと吸って呑む。「たちまちげんきになっちゃうよ」とあたしに語ったのは蛇の父。滋養強壮は、そのあたりからの受け売りです。当時は、こびんに入った滋養強壮剤がなかったんです。藪医者玄庵先生の処方する朝鮮人参も、高くて買えなかったころです。

長じまして、血は争えません、あたしの卵かけごはんの食べ方は。

ごはんは、ほんとは必要ないくらいなのですが、やはり何か、ごはんなしでは一線を超えてしまうような、はばかられるものがありまして、かたちだけでも、とりあえずごはんにかけて、蛇女の因果からは逃れようかと思います。それで、ほんのぽっちりのごはんを、卵としょうゆの中に浮かばして、いってみたいなよそのくに。食べるというよりはやはり呑む。

卵かけごはんは万能です。

時間がないときに瞬時に食べられ、暑いときに食が進み、寒いときに新鮮で、病気のときに滋養強壮、これがあたしの究極のソウルフードといえるかもしれない。好き嫌いの多い子どもでしたが、卵かけごはんはよく食べた。味つけはしょうゆです。しょうゆの持つ、すべてを強引になつかしくさせてしまう力が、やはり滋養強壮に効果がある。

あまり溶かないのが好みです。人によってはよく溶いて、よくよくごはんにまぜこんで、お箸でつまめないような状態にしてすすりこむそうですが、あたしは、それはいやなんです。卵は溶きません。ごはんにはまぜません。しょうゆは、やや、多めのかけっぱなしです。まぜません。必然的に、白身がひきずられて、口の奥までずるりと入る。

そのずるりが、あたしは嫌いじゃないのです。よく白身が嫌いという人がいますけど（うちの娘たち。……因果律は断ち切ったのですね）、白身が嫌いじゃ卵好きにはなれません。半熟の白身も生の白身も、あたしは大好きなんです、なにしろ伊藤しろい、というくらいだ。母方は、祖父母も母も伯母も叔母も江戸っ子で、誰しとりとして、まともに「ひろみ」といえません。「しろみ」「しろみ」と呼ばれて育ったあたしです。

さて、白身は吸った。あとに黄身が残る。あの心ゆくまでねっとりした黄身が。

ごはん、部分的にそれが染みたところを食べる。ねっとりまったりとする。タンパク質が脳につたわる。コレステロール値がぐんぐんあがる。しょうゆ、生のまま残ってるのをすする。塩気につーんと来る。そしてよごれてない白いごはん、それで口の中の黄身をぬぐい、お茶碗の底に少うし残った卵しょうゆミックスをつっとすすって、お箸をおいてごちそうさまをする。

＊1　『ドリトル先生アフリカゆき』（ヒュー・ロフティング作、井伏鱒二訳・岩波少年文庫）

＊2　『ぐりとぐら』（なかがわりえこ　と　おおむらゆりこ作・福音館書店）

けちなんです

便秘です。それはもうずうっと。

毎日、毎日、家にいる生活ですから、判で押したように規則正しい……なら生理的にも規則正しいはず、と思うでしょ。だめなんです。昔からでした。

とくに、週末はいけません。子どもたちがうちにいて、わさわさ、わさわさしているからです。

土曜日は、朝から犬の訓練教室です。訓練所は、郊外のなんにもないところの野っ原にぽつんとあって、レンタルトイレが立ってますが、それが汚い。汚いと思っただけで、もう出ません。

金曜日は、明日から週末だと思うともう出ません。

火曜日と木曜日も出ません。朝の九時からエクササイズに行くからです。

ということは、出ないわけじゃないのは、月曜日と水曜日ってことになります。週にたったの二回、出たって出なくたってかわりゃしないや、ってんで、もうぜんぜん出ません。ほっとくと一週間も、それ以上も、なんにも出ません。

薬を使うと、一時的にはさっぱりしてもそのあとかえって出なくなるので使いません。効果的な手段はいろいろ知っているのです。

一日に水を二リットル飲む。

起き抜けに一杯の牛乳を一気に飲む。

起き抜けにお茶をポットいっぱい飲む。

ブラン（胚芽）をシリアルといっしょに食べる。

きなこ牛乳を飲む。

たけのこ、ごぼう、さつまいもを食べる。

プルーンジュースを飲む。

ヨーグルトを食べる。

干しあんずを食べ、干しプルーンを食べる。

腸をもみほぐす。

……効いても、つづけてるうちにまた効かなくなる。あたしの人間が、救いがたい「けち」なのかもしれません。入るのはいいが、出すのは、自分のつばでもいやっていう。ええ、そうなのかもしれません。

どんなシリアルを好むかで、人品骨柄が、だいたい見抜けます。

中学生の娘の好きなシリアルは、お菓子と紙一重。ひなあられみたいな青や赤やピンクや黄色、チョコ味やオレオ味や、丸いのや三角のや。さくさくしてるけど、牛乳をかけたらたちまちぺたぺたになってしまうような。箱のシールをあつめて送るとポケモンウオッチがもらえたりするような。それに低脂肪や無脂肪じゃない、全脂肪の牛乳をかけて食べる、それが、彼女のシリアルです。末っ子も似たようなものですね。

つれあいは、コーンフレークにナッツやレーズンが混ざっただけのオーソドックスでスタンダードなメーカー品を好みます。

高校生の娘となると、そろそろ、何を食べるのがかっこいいか、なんてことに敏感になっている。この人は、自然食志向の店に行き、おびただしい種類のグラノーラやミューズリーのうちならぶ棚や樽から、自分の好みに微妙にあったものを、はかり売りで、好きなだけ、買いたい。

今のお気に入りは、干しアップルとカシュー入りのシナモンメイプル味のグラノーラ。甘みはおさえめで、歯ごたえは、ぽりぽり、がりがり、あごがくたびれます。ここでも思い出すのは、わかば矯正歯科です。固いものを、固いものを、と先生はいってました。「このごろ日本の食べものは、ぜんたい、やわらかくっていけません」と。今は娘のブリッジも取れましたけど。

まじめで。固くて。うんこの素。あたしも愛用しています。

オーツのブランを、グラノーラやミューズリーにまぜて、無脂肪牛乳をかけて、がりがり、もそもそと食べる。がりがり、もそもそ、がりがり、もそもそと食べてるうちに、むかしむかし、樹の上で、もっと原始的な存在だったとき、木の葉や木の皮を、こんなふうに食べてたっけなあという記憶がもどってくるような、そんな歯ごたえです。

ブランはやっぱりオーツが食べやすい。米なら「ぬか」麦なら「ふすま」で、きゅうりでも漬けるか馬の飼料にするか、と考える。オーツ麦という異国のものだから、んじゃないかと思うんです。

何はばかりなく「ブラン」と呼べて、目新しくて新鮮で、だから自然で、食べやすい

自然食志向の店には、自然食としてのジャッパニーズ食品があります。

「大豆」は自然食には欠かせないアイテムですから、豆乳、トーフはいうに及ばず、ミソもショーユも、節分みたいな炒り豆もスナックとして売っている。生の大豆粉もありまして、いちどそれを、きなこのかわりに飲んでみようとして、生臭さに閉口しました。いったい誰が何に使うんでしょう。

「ライスドリンク」がこのごろ人気です。有機玄米から作ったと書いてあります。飲んでみますと、米のとぎ汁みたいな味。

「アマザケ」もあります。まんがいち日本で知っていたあの味ならいいなと思いながら、買ってみて、飲んでみて、なんだかわけがわからなかった。玄米と米麹とオートミール粉とアーモンド粉とプルーンジュースとバニラかなんかが入ってました。元祖の甘酒とは、似ても似つかぬものです。むかーし、寒い夜に、母が酒粕を煮て、甘くして、「あまざけ」と称して、熱いのをふうふう吹きながら飲みました。あれにも、

ぜんぜん似つかぬものです。

「モチ」もあるんですが、これがさらにわけがわからない。シナモンレーズン味やゴマにんにく味。

「ハーブ入りトーフ」はバジルとかローズマリーとかで。娘たちもあたしも、ひとくち食べてあきらめました。つれあいだけが、最後まで「トーフ」と思って食べていました。

どうも、得体が知れず、あやめもわかぬ。迷路の中でたちまよっているような。夕闇の中で沼のどろんこに足をとられてしまったような。仮装行列のまっただ中を、ひとりだけ普段着で歩いているような。

アイキドーをならったことがあります。

アメリカ人の先生が教えているドージョーに通って、まもなくやめました。つづかなかった理由は、向かいあってつかむ男の腕が、毛だらけで、臭くて、汗でぬるりとしていたからです。それから、みんながみつめている「日本の文化」が、あまりに奇妙で、嘘はっぴゃくだったからです。

ドージョーで、ギ（稽古着のこと）を着て、レンシューする。センセイにレイして、アリガトウゴザイマスという。カタカナの部分は日本語なんですよ。

ドージョーに祭壇があって、飾ってあるものは、「闘魂」という墨書の色紙。北米先住民の羽つき輪っか。韓国の（だと思う）何か。インドの（だと思う）何か。鯛を抱えたえびすさま。それから、お仏壇にあるようなかね。生徒一同、祭壇に向かってうやうやしく礼をして、センセイがまじめな顔で、湯飲み茶碗にお線香をたてて、かねを「ちーん」、こらえきれずにあたしは吹き出してしまいまして……。

あたしが日本でやってたエアロビクスだって、「ニー、アップ、ヒール、アップ、ワン、ツー、スリー、はい、スクワット」なんて、カタカナ英語を叫びながら飛んだりはねたりしていて、なんか、へんでした。

自分の文化じゃないものを取り入れるのは、まじめさをはきちがえたような可笑しさが、ひっそりと残るものなのか。違和感は残るような残らないような、何かを忘れかけていて何を忘れかけているのかも忘れてしまったときのように、がらーんとした、それでもなんだかすがすがしいような。

うさぎおいしロール

スシバーに行くたびに考えます。あたしは誰でどこから来たのか。どこへ行くのか。
いえなに、スシごときで。

どうせ外食するなら、エキゾチックなものを食べたいと、ほんとにあたしは思っていました。今でもあたしは思っています。けちで所帯じみているもんですから、なかなかしない外食ですけど。子ども連れで行くと、どうも日常食をひきずってしまう。どうしても「近い」「安い」「早い」で、すませてしまいたくなる。たまーに、旗日とか記念日とかに、万難を排して（つまり、子ども抜きで）って意気込みで行くのが、よろしい。

旗日や記念日に行きたいレストランの筆頭は、某イタリア料理の店。

海を見下ろせる高台の高級観光地にあって、予約なしではちょっと入れなくて、予約して行ったって十分くらいは待つことになるんだけど、その待ってる時間がまたロマンチック。店内のバーで止まり木にとまって、あたしはワイン、つれあいはスコッチ、沈む夕日を見ながら、大人らしく、都会らしく、けだるく、所帯のことじゃないことをつれづれと話しながら、恋人みたいに、待つわけです。で、テーブルに案内されますと、日没の海は、絵の具をぶちまけたみたいな色をしていて、お料理は、脂っこくてくどくてエキゾチック。

麺、じゃない、パスタだけ食べたいと思うんですが、やはりロマンチックな気分に浸るためにはそうもいかない。麺だけかっこんではいおわりじゃ、お昼どきのそば屋です。で、食べきれないのをわかっていながら、あれこれと注文します。もうとっぷり日は暮れて、店内にはキャンドルがともり、ワインを飲みながらゆっくり差し向かいでっていう浪漫な気分はありあまるほどなんですけど、やはり、食事的には多少の不満が残ります。もっとさっぱりしてるといいなーとか、チーズが入ってないといいなーとか、ちょっとおしょうゆがかかってるともっとおいしいのになーとか。そういうわけで、旗日記念日に、じっさいによく行くレストランの筆頭は、スシバーっていうことになるわけです。行きつけの店の名は SAKURABANA、もう、もう、いさぎよく、散ってしまいたくなる名前だと思ってじーんとしてるのは、たぶんお客の中じゃあたしだけじゃないでしょうか。

そこには、最初のうちこそ、お鮨屋にお鮨食べに行くつもりで行ってました。しかし慣れてくるにつれて、お鮨とおスシのちがいが身にしみてきまして。周囲の客を観察してますと、異次元の空間にひきずられて行ってしまうようなSF的なちがいさえあるんです。あまりちがうから、イタリア料理だベトナム料理だと、よその文化圏を食ってまわってるよりよっぽどエキゾチックだ。

ほんとにいろんな客がいます。

カウンターにすわって、ハマチだけ四人前いきなり注文してる人。サケを飲みながら、お茶碗によそった白いごはんを注文して、しょうゆかけて箸でぼろぼろこぼしながら食べてる人。「毛虫ロール」に「カリフォルニアロール」、「シュリンプてんぷらロール」に「鰻のせロール」と、(アメリカのおスシ屋の目玉商品の)変わり巻きずしばっかり注文してる人。巻きずしの海苔を残す人。厳格にも日本のお鮨屋にあるものしか食べない人。純粋主義者というか半可通というか、つれあいもその一人です。ぎこちないにほんごで、「みるがい」なんて注文して、スシシェフのすずきさんから

「へいっ」なんて答えてもらってよろこんでいるという。

その種々雑多で支離滅裂な注文を、眉一つ動かさず驚かず笑わずに、すずきさんは聞きとどけ、「へい、おまち」とそこに置く。

で、あたしは、というと、ははは、いつもかならずロール、つまり巻きずしを注文します。つれあいは、よくそんなもの……という顔で見ています。げてもの、という日本語を教えたらたちまち連発してきそうな気配です。

でもあたしは思うんですよ。スシバーの花は、ロールです。

そのありように、あたしは猛烈に惹かれるんです。たいやまぐろのにぎりなんかよりずっと。文化の端っこで、異文化にぶつかりながら、それでもけなげにたくましく、なおも日本料理と呼ばれて生きてるってとこが、どうも、他人ごとに思えないのです。

ロールでいちばんベーシックなのは、「カリフォルニアロール」、蟹とマヨネーズとアボカド入りです。そしてそこから、千変万化に変化していく。

きゅうりを入れる。にんじんを入れる。貝割れを入れる。山ごぼうのピクルス、えーと、漬け物を入れる。海老のてんぷーらを入れる。豆板醬を入れる。鰻を入れる。スモークサーモンを入れる。クリームチーズを入れる。それがぜんぶ入ってるのもある。

ロールの上に鰻丸一匹のっけたのもある。

すし飯のかわりにきゅうりで巻いたのもある。

海苔のかわりにアボカドで巻いたのもある。

そしてたいていのものに、甘いツメがかかっている。その甘さがただごとではない。

ここでうんちくタレますと、スシと同様、日本料理としてアメリカの人口に膾炙《かいしゃ》してるのがテリヤキ。照り焼きじゃありません、テリヤーキ。そのタレが、みたらし団子のタレのように甘い。アメリカ人の舌としては、しょうゆという、異文化の権化のような味に侵略されそうで怖くってたまらず、ふだんから頼り切っている砂糖を用心棒に頼んで、よしきたと、砂糖がしょうゆをたたきのめしているように甘い。……おスシのツメが甘いのも、たぶん同じ理由です。そして、おスシとテリヤーキをわざと融合させているのではないかと思うほど、なんにでもかかっているのです。

さっきはロールを、変わり巻きずしなどといいましたけど、撤回します。ロールは、ロールとこそ呼ばなければ、実体がつかめません。ひきついで、妥協して、葛藤して、ぶちこわして、飛び出してしまったロールたちです。

娘たちをひき連れて、コンピュータを背負って、こっちに引っ越してきたときには、日本の文化や日本語を捨てる気持ちなんて毛頭ありませんでした。どこにいたってひきずるものはひきずる、と思ってました。それでも、早晩、あやうくなるだろうと予想はしてました。そうしてあたしは、じっさい、子どもたちが日本語を失っていくのを目の当たりにみています。漢字は忘れる、書くことばも話すことばも成長がとまる、指のあいだから、さらさらと、さらさらと、砂がこぼれているように、ことばはこぼれていくのです。こぼしてしまうことに、当の娘たちは、何の頓着もありません。さらさらと、さらさらとこぼれていくのです。

ここのところずっと、日本からは誰からも電話がかかってこず、こっちもかけていません。日本の人々とのやりとりは、ｅメールだけでした。あれは無声です。声は出ません。文字も残りません。ここのところずっと、あたしが声を出して、日本語で、話しかける相手は、思春期の娘二人だけでした。で、そのあいだにも、ことばは、さらさらと、さらさらと、こぼれていってるんです。

話はおスシ屋にもどります。「あのう」とあたしは日本語で、シェフのすずきさんに話しかけました。

「毛虫ロールを、ツメをかけないで……おしょうゆとわさびで食べたいんです」……家族以外の相手には話しつけない日本語ですから、どうもぎこちないのですが。

「おしょうゆが、すきなんですね」とすずきさんがいいました。

ええおしょうゆから、はなれられないんです、とあたしは心の中で自分に向かってゆっくりとそのことばに答えました。

で、「へい、おまちっ」と毛虫ロール。

鰻と蟹ときゅうりが入って、薄切りのアボカドで巻いてある。それを味わう。するとたちまち、知ってるような、知らないような、記憶の底にたゆたっているような、思い出しかけているような、大切なような、でもどうでもいいような、そんな感じを思い出すんです。なんだったか、あれは。

　こころざーしを、はーたーして
　いつのひにか、かーえーらん

昔歌った、小学唱歌です、思い出すのは。その和風と洋風の、奇妙になつかしい強引な折衷です。思い出したら、ついろーろーと歌いたくなるんですが、おスシ屋です、心の中でひそかにろーろーと、歌います。そしてふと思うのは、いったい今、あたしのこの状況で、はたすこころざしもかえる家も、どこにあるかと。

かるいゆううつ

朝起きるに起きられないのがあたしです。

アメリカは朝が早い。高校生も朝が早い。七時半に授業がはじまります。スクールバスに乗るためには、六時半には家を出る。若い娘というのは、毎朝、シャワーを浴びる。ただでさえ早く起きなくちゃいけないのがますます早くなり、五時半起きだ。ご苦労なこってす。で、夜は早いかといえば、これが遅い。いつまでもずるずる起きていて、友だちと電話したり宿題をしたりしている。よっぽど睡眠不足だろうと思うんですけど、目のまわりにはくまもできてないし、お肌はつるつる。そのかわり週末はいつまでもパジャマ姿でぐずぐずしていて、お風呂にも入りませんが。で、その娘が、毎朝、家を出る数分前にあたしを起こしに来る。のそーと起きていって、ばたばたと朝食を食べてる娘に、「寝てればー」なんていわれながら、あたしは台所でぼーっとしています。

目を覚まそうと、あたしはお茶を沸かす。お茶さえ飲めばなんだか何もかも解決するような気がして、濃い熱いアールグレーのつんつんと匂うやつを大鉢のようなマグカップになみなみと飲めば、目だって何だって覚めるんじゃないかと。でもお湯の沸くのを待ってるあいだも眠気には勝てず、つい台所にへたりこんでうつらうつらして、ああ一日のうちで、朝がいちばん疲れてるんじゃないかしら。

ある朝あんまり眠気に勝てず、とうとう寝袋をひきずってきて、その中で寝てましたら、迎えに来た娘の友だちがぱっと台所のドアを開けて、見られてしまいましたよ。「あんたのおかあさん、いつも台所で寝てるのか」っていわれたって娘がいってました。このごろは娘も、そういうあたしの状態がわかってるので、起こしに来ません。

どんなに眠くとも、いつかは、起きなきゃ、いけないんです。

八時までには下の二人のおべんとうを作って、車に乗せて、それぞれの学校に送っていかねばならないのです。おべんとうといっても、パンにバターぬってターキーのハムをはさむだけのサンドイッチに、チップスの小袋とりんごとジュース。

アメリカの子ども用サンドイッチといえば、まず、ピーナツバター&ジェリー（ぶどうのジャム）サンド。あたしはやはり、日本で、幼稚園べんとうを毎日作っていた記憶と自負がありますから、ピーナツバター&ジェリーだけっておべんとうには抵抗があります。ターキーハムのサンドだって「ぬってはさむ」だけなのは変わりませんけど、やや、まし。「ぬってはさむ」だけなら、でかい図体してるんですから自分で作りゃいいのに、やはりあたしに作ってもらいたがる中学生と、おべんとうはいつのまにかかばんに入ってるものと信じて疑わない幼稚園児。

誰でも生きてますと、疲れることとくらいあります。主婦は無休ですからね。日曜日だって、ごはんは作るし、子どもの相手もつれあいの相手も休みなしだ。その上仕事はたまってるし、友達ともごぶさたしている。お休みがほしいです。六日間一所懸命に生きたらお休み。というように、生きてることにもお休みが。たとえば日曜日はポケモンボールのようなところに収容されて、隔離されて、月曜日になったら、また外に出て働くってのは？

家族の外の人としゃべるときには元気なのに、うちの中で、家族と向き合っていると、頭が重たくっていつも眠くって冗談のひとつもいう気になれない。ゆううつの、すごーくかるいのが、このへんに（頭をさして）わだかまっているみたい。そんなとき、あたしは唱歌を歌うんです。

ふだんは歌いません。

忘れています。歌を歌うひまもないほど、よくいえばてきぱきと、悪くいえばあくせくと、暮らしています。

でもおスシ屋のロールの話をして、ちょっと「ふるさと」を歌ってみたら、そうだ、あたしは時おり唱歌を歌うということを思い出した。

小学唱歌は、それを習った小学生のころから好きでした。ことばが、むずかしくてわからないのがまたいいもんだと、子ども心に思っていました。音楽室は校舎のいちばん片隅にあって、オルガンが並び、黒くて光る先生のピアノがあって、壁には有名音楽家の顔がずらりと貼ってありましたっけ。それを見ながらどの人（の顔）が好きかななんていつも考えていました。ドボルザーク（の顔）が好きでした。日本人は滝廉太郎と中山晋平だけでした。バッハはいかめしく、ベートーベンは荒々しく、ショパンは細面、ヘンデルは髪の毛が多すぎて、モーツァルトは横を向いていましたっけ。そんな顔たちにかこまれて、にほんごの語句の古めかしすぎて意味はうすらぼやけているけどひどく高尚に感じられる唱歌を習うと、ことばの、詩の、無限の可能性の中に片足つっこんだような感じ、子ども心に無限性を感じ取ってうちふるえたもんです。どんな歌謡曲やグループサウンズなんかより、小学唱歌が好きでした。高校に入ってロックというのに出会うまでは。

ロックは今はもうぜんぜん聞きません。でも小学唱歌なら歌います。こっちに来るときも、講談社文庫の『日本の唱歌』[*1]上中下を持ってきました。

うさぎおいしかのやま
なのはーなばたけにいりひうすれ
はるのうらーらのすみだがわ
ゆうぞらはれてアきかぜふき

ときどき、鉄腕アトムの主題歌や、『翼をください』っていう七〇年代の歌も、ろーろーと歌えるので歌いますけど、やはりあの古ぼけて、和洋折衷で、雅趣があって、カリフォルニアにはない湿気の多い季節感にあふれていて、故郷を遠く離れているものの悲哀がしみじみとにじみ出る小学唱歌にまさるものはない。

『翼をください』は、娘たちの小学校の音楽の教科書に載っていたそうで、あたしが三番までぜーんぶ歌ってみせますと、「なんでおかあさんぜんぶ知ってるの」と不思議がって訊くのです。世の中も変わったもんだ（腰をのばす）。あたしの高校生のころはこの歌なしじゃ夜も日もあけなかったもんですよ（ずずとお茶をすする）。
で、歌います。ごはんを作りながら。どうしてかしら。あたしは歌うとき、いつもごはんを作っている。台所の構造が声がひびきやすいのかも。こっちのお風呂場は狭くて浅くて、ゆったり浸かって全身がほぐれてってわけにはいきません。やっぱり台所の、まな板にむかって、きゅうりを薄切りにしているとき、鍋にむかってゆっくりスープをかきまぜているとき、玉葱を炒めているとき。意識の薄皮だけ料理の上に集中して、手は勝手に動いて、その薄皮いちまいの意識の下で、かるーいゆううつと、現状への不満と、やりきれなさとせつなさが、とぐろをまいている。そのとき、ろーろーと声を張り上げれば、声にゆううつが飲み込まれていくのです。

「あ」と「え」を、ときには「お」も、ろーろーとのばすときが楽しいです。はアるの、うらアらアの、と来ると、そのいちいちのアのたびに、喉の奥と胸がすっきりと開くような気がするんです。つっかえてるものはたいてい喉の奥と胸につっかえてるものですから、それがはき出されるような。ならアアアエエエと、「あ」と「え」

を大きな声でいえばいいのかと思うんですが、そうじゃない。やっぱりあの、和洋折衷のオムライスみたいな、感傷的なメロディにのせて開くから、開けるんですね。

　こオこオろオざアしを、はアたアして、いつのひにか、かーえーらん、と歌ってますと、つれあいが台所にやって来て、スコッチをつぎ足すついでに、口笛で伴奏をつけたりするんです。「何度も聞いてるから覚えた」っていって。子どもたちが手伝いに来たときは、「あっ歌ってる」ってんで、たちまちあたしの高音部に低音部をつけてくれます。

　あのね。ほっといてもらいたい。

　家族です。いつもはいくらでも向き合います。話も聞くし、飯炊きだって洗濯だってしてあげます。でもあたしが台所でひとりで歌を歌ってるときぐらいは、どうぞ干渉しないでもらいたい。あたしは歌を歌って、胸と喉を開いて疲れをほぐしてるんですから。あたしひとりで歌を歌って。あの、古ぼけて古めかしくて、オムライスみたいで、ここにはない（どこにもない）季節感にあふれていて、演歌みたいにほれたはれたじゃなくって、子どもだった自分にかえれるあの歌たちを歌って。

　でも相手は好意です。しょうがない、あたしは熱く熱く油を熱しまして、肉や野菜を一気にじゃーっとぶちこみます。えいっとりきんで重たい中華鍋を持ってゆすり上げます。はじける音とはねちる油、匂いに煙、周囲の干渉音もたちまちかき消え、あたしはひとりになれるのでありました。

＊1　『日本の唱歌』（講談社文庫）

パンパスの白髪

白髪がありました。いえ今にかぎったことじゃないです。前からちらちらあることはあった。最初に陰毛にみつけて、それから右のびんにいつも一本。わあ、いよいよだ、共存していかなくちゃと思いつつ、そこはピンとはねるから、気になっていつか抜いてしまうという、そのくりかえしでした。

そしたら昨日、前髪から耳にかけてのその流れの中に、数本の白髪をみつけた。あたしの髪は、伸ばしっぱなしに伸ばした髪です。昔は枝毛で荒れに荒れて全体がぶおおおおおっと逆立ってまして、この長さの髪の毛が逆立つとちょっと怖いものがありましたが、今はそうでもない。うっとうしいので、たいてい右脇にひとつに寄せてそこで片おさげにしてあります。うんと年取ってちいさくしぼんだら、そのとき、白髪の片おさげをしていたいと思います。

いったいあたしは、白髪は遅い方でした。同い年の友達がみんな、白髪を染めたり半白になったりしてるのを見ながら、あたしの黒い髪は伸びる一方でした。ワカメ。食べてるせいかもしれません。ここじゃなかなか新鮮おさしみワカメなんて手に入りませんから、ふえるワカメ。つれあいにはわかんない味のひとつですけど。もとはといえば父がハゲの家系で、祖父も叔父たちもみんなハゲで、一人だけ髪があった父は、毎食ワカメのみそ汁を精出して食べていたのでした。こどものころ作られた味覚への思いは残ります。浜辺には似たようなものがずるずるうち寄せられています。なんか慕わしい。沖に海藻を切るための船がときどき行き来する、あそこにワカメはあるかしらといつも考えます。

でね、こないだ誕生日だったんです。四十四歳。白髪も出るわけで。誕生日に、女友達が気球飛行に招待してくれました。いい友達もあるもんで。はじめての飛行（飛行機じゃない、むきだしの）を共有しようと。

晴れた夕方、東の空に、熱気球がいくつも浮かびます。西は海です。夕方になると海から風が吹いてきて、それに吹かれて気球は東へ向かっていく。遠目で見てますから風船とたいしてちがわない大きさの気球に見えますけど、じつはひじょうに大きなもので、下にかごがついていて、十人くらいは乗れるという。で、当日、あたしたちは指定の原っぱに集まったんですが、そこからは飛べませんでした。風向きが悪かったのです。あたしたちを含めて乗客十二人が（ほとんどカップル）、車につめこまれて、次の待機地へ移動しました。そこも原っぱでした。

日没がぐんぐん迫ってきてました。海の上に雲がたちはじめていました。

飛ぶ前というのは飛んだ気持ちをしきりに想像してますから、すごく、こう、もう気持ちが、宙に浮いている。しかも飛べる場所を探して、風を探して、原っぱから原っぱを渡り歩くんですからよけいです。よしＯＫということになったときにはあたしの心は飛ぶことにじりじり焦がれてました。

そこはほんとに、気球を飛ばす以外、何にも使われてない原っぱでした。

あたしは、空や風や雲なんかと同じくらい原っぱや雑草が好きなのでした。

原っぱにすっぽり入りこんだ、まわりを雑草でかこまれた、というだけでわくわくしているのに、今は、パンパスグラス[*1]が旬なのでした。ススキに似た禾本《かほん》科で、若い穂は銀色に輝き、熟してくると、鮮やかに白い、穂がふくれあがります。壮年の雄ゴリラの胸毛のように白くてふくれあがった穂なのです。壮年雄ゴリラが、それで頭飾りを作ってかぶったらどんなに素敵だろうとうっとり想像してしまうような、白いたけだけしい穂なのです。それが今、旬もきわまったように、いちめんに白い穂を散らしているのでした。見てるだけで意識が穂から離れて浮遊していくような感じでした。

といってるあいだに気球がみるみるふくらんでいき、間近で見たそれはでかいでかい、どれくらい大きいか、ちょっとやそっとじゃいいあらわせないくらい大きい。これじゃ遠くから見ても、気球の風船みたいな部分だけ見えて、下のかごも人も見えないわけです。そしてあたしたちは、鳥のケージみたいなかごに乗りこみました。

船が出るぞーみたいな呼び声はなかったです。期待していましたが。

「おー動く動く」という人々のささやき声の中でぐらりと揺れ、少し浮きあがり、巨大なバーナーがごうごう燃えてる音で何も聞こえないのですが、そしてぐらり、ぐらりと揺れながら、どうもなかなか地上を離れていかない。それがもどかしくて、だって夢では、あたしが腕を下に振りおろしさえすれば、かんたんにからだが浮くんです。思わずあたしが両腕を動かして、飛ぶ手伝いをしようかと思ったほどです。

予約するときに体重をいうんですが、「ちょっとサバよんだのよ、そのせいで飛ばないのかしら」と友達はささやき、「だいじょうぶ、あんたの体なんてあそこのあの人に比べたら棒みたいなもんだから」なんてささやき返しているうちに、地面の草が、下に見えて。ほんの五〇センチ浮いた、ほんの一メートル浮いた、ああこれは夢で何回も繰り返した感覚だと思った。そしたら鳥が、真下をすっと横切っていったんです。もはやあたしたちはまぎれもなく空の上でした。

パンパスグラスがいたるところにありました。あたりまえですけど、上から見るのははじめてでした。何しろ三メートルくらいあろうかという大きな植物です。あたしはまるでたんぽぽの株を見下ろすように、その巨大な株を見下ろしたわけです。

はじめて気球に乗ったフランスのなんとかが、降りたときに、人々に悪魔の使いだと思われないように（無人の気球が飛んだときは、そう思われてぶちこわされてしまった）自分の身分を証明するものを持っていった。それがシャンペンでした、とパイロットがガイド役も兼ねて、シャンペンを抜いて、おかわりもどんどんつがれ、狭いところにおたがい密着して空の上だ、そこへつめたーいシャンペンをぐいぐい。ロマンチックな恋人たちはキスしまくりでした。女同士のあたしたちもちゅっとキスをしました。

上空は、風がありませんでした。なぜかというと気球は風とともに動いていたからです。そして風とともに動いているわけですから、風に吹かれてお寒いなんてこともないわけです。あたしも友達も上空が寒いのを覚悟して厚着してきました。でも風も、熱くも寒くも、感じない。

なんてぽかりとした。

非現実的なNOWHERE。

眼下は、丘また丘と開発中でした。丘という丘が切り開かれて家々の区画ができていました。そら恐ろしいくらいでした。で、そういう開発中の丘と丘のあいだの谷間はまだうっそうとした藪や木なんですが、そこにただ板をたてかけたような仮小屋がいくつもある。そこから煙がたちのぼっている。民のかまどはにぎわいにけりってやつで。あれは不法移民が住んでいるのだと、あとできききました。

日はいよいよ沈みました。

雲は赤紫色に染まりぬきました。

日が沈むとたちまち、あたりは蒼ざめた薄闇にのめりこんでいきまして、気球は降下しはじめました。闇が濃くなれば濃くなるほど、パンパスグラスが白じろと立ちあがってくるのです。そしてたけだけしく穂をふりかざして踊りくるうパンパスグラスのまっただ中に、がくんがっくんと大揺れに揺れてあたしたちは降り立ちました。

＊1　パンパス（南米の大草原）に生える草って意味なんです。

薬草薬味

　このごろの（めったにしなくなってしまった）炊事当番で、つれあいは、ベーシックな料理にこだわるようになりまして。今は、ベーシックなイタリア料理に凝っています。で、まずイタリア料理の本を手に取り、レシピを吟味し、選び、書き出し、買い物に行って必要なものをそろえ、レシピに忠実に、何時間もかけて、とここまでは以前と同じですが、なんか、どうも、メニューの選択が不穏である。

トマトソースの基本ラザーニャだとか、スパゲッティ・ボロネーズとか、シーフード入りクリームソースのパスタだとか、つまりあたしが手抜きしたいときに気軽に作り、手抜きならいつもしたいですから、つまりひんぱんに、くりかえしくりかえし作る、（ただの）ラザーニャ、ミートソース、マカロニグラタンにかぎりなく近い。

元祖はイタリア料理とはいえ、いつしか日本に定着し、日本化しつつ、日本の家庭でみゃくみゃくと作られてきた味です。あたし自身もまた子ども時代に浴びるように食べ、主婦として生きてきた二十年間、くりかえしくりかえし作って家族に食べさせてきた味なんです。

で、これはもしかして、あたしの作る料理に不満があるのかなーと思って、つれあいに訊いてみましたら、ありました、ありました。

「いやいや不満があるわけないじゃないか」というその口で、「ゆーの日本風の料理には大変満足しているが、正直なことをいえば、西洋風の料理はいまいちである」といわれまして、あたしはがちょーんとなりました。

彼のいうところの、あたしの作る西洋風料理とは、上記のイタリア起源の「ミートソース」「ラザーニャ」「マカロニグラタン」にインド起源の（イギリス経由という話も聞くが）「カレー」西洋一般の「ハンバーグ」にまちがいありません。中国起源の「ギョーザ」は、彼の理解では、日本風料理に分類されているのです。

あたしの作るのは、何のへんてつもない、見よう見まねの、ふつうの、あたりまえの、家庭の味です。忙しくて料理に時間をかける気になれないので、三十分でてきぱきと作ります。隠し味にはもちろんしょうゆを少々使います。

つれあいは、インド料理のアマチュア大家ですから、「カレー」についてはとくに問題があると思っているのはよくわかるんです。しかし問題がありすぎて矯正しようがないとも思っているのも、よーくわかるんです。せめてカレーについて、あたしにできることは、凝ったことは一切せずに、バーモントカレーかなんかを日本食品店で買ってきて、「かれー」とひらがなで発音しつつ、炊きたてのあきたこまちとともに供することです。バシュマティライスはぜったい炊きません。

彼は、「ハンバーグ」についても多少は問題があると思ってるはずですが、アメリカのハンバーグが、ただ肉をまるめて外側を焼いただけという身も蓋もないものなので、「ミートソース」「マカロニグラタン」ほどは気にならないのでしょう。

あたしの「日本風の料理」とは、たいていは料理人枝元某に教わった、かなり和風でない料理なのだというのを彼は見抜けません。根っこのところで「炊きたてのごはんをおいしいと思い、しょうゆをなんにでもかけたくなり、かつおとこんぶとしいたけのだしをうまいと思う人向けに」が共通しているせいかもしれません。

あたしの西洋風の料理のいったいどこがいけないのか、と訊きますと、つれあいは、

「香辛料やハーブの香りが使いこなせていない。脂のうまみもわかっていない」といいまして。

「ゆーに、しいたけとこんぶとかつおのちがいがわかるのか」と思わず毒づきたくなったんですけど、やめました。あたしには思い当たるフシがあったんです。

ハーブっていうものがわからないと、あたしはずっと思ってきました。高校のときの赤点を取った化学（じつは地学も物理も数学も）みたいに、さっぱりわからないと。

薬草薬味にはひかれるんです、とても。ジンチョウゲもクチナシもジャスミンも、セージもタイムもローズマリーもタラゴンも、クミンもカルダモンも。しかしそのようなカタカナで書くにおいの元になるものの、料理における因果関係は、いつも霧の中でした。

ポーランド風料理は、よく作りますし、それはたしかに成功します。ワルシャワで、ゾシャおばちゃんに教わったとおりに調味料香辛料、薬味や薬草を入れます。つれあいは、祖母もこんなものを作った、となつかしそうに食べるので、成功だと思うんです。香りも足りてると思うんです。なにしろ米入りトマトスープには必ずやマージョラムを入れ、酢キャベツの煮こみにはネズの実を入れる。入れろと教わったから入れるんであって、必然性がわからない。ほれ、煮物作っていて、あっちょっとだしが足りないと思ったり、無意識にしょうがと葱を刻んでいたり、そういう身体と舌で覚えたものではないのです。

「おいしいからいいじゃん」と子どもたちはいってくれますけど。

なんだか根本のところで、しょうゆを使っておればいい、という日本の味にまひしてしまっているのかもしれません。

においのきついものは、ある種のものですけど、いまだに食べにくい思いをします。つれあいはそういうのをよく使います。がまんして食べてますけど、ないといいなーなんて、心の底で、あたしは思っている。サラダに入れるアニスや、マッシュポテトのディル、焼きキャベツに入れるキャラウェイなんて。

ところがやはり年は取るもので。

このごろ、香菜やミントやバジル[*1]やパセリ[*2]、つまり緑の葉っぱ類にむちゅうです。それもただおいしいと思うだけじゃなくて、食べはじめるともっともっとと思い、心が焦がれる、それだけ思いっきりウサギのように食べあさりたいなどと思うことがあるのです。

うちのそばの、アジア食品ならなんでもあるというスーパーに行きますと、香草薬味として使う葉っぱの束が、数限りなくつまれてある。香りも、苦みも甘みも、いろいろです。でも共通するのは、みんな葉っぱで、みんな緑で、みんな食用だってことです。名前は書いてありますが、漢字でもアルファベットでもなかったりするので読めません。ある日、店内の軽食のコーナーで、アジア人ではあるけど、どこ系の人なのか、湯気の立ってるどんぶりの上に、そういう緑の葉っぱを山盛りにちぎり落としている人たちを見ました。すすりあげるのを見たら、半透明の米の麺でした。うまそうでした。

　ところがいくら葉っぱに開眼しても、こういう異文化のものを使ったばあい、おいしくいくらでも食べられるのは一日目だけで、二日目になってしまうと、なんですか、もういい、という感じ。吐く息にも、においがこもっている感じ。残り物はくたびれていて、香りも味もくたびれていて、こっちもそれを食べるのにくたびれていて、くたびれた香りは鼻につきます。

　ミントも香菜も、ニョクマムもナムプラーも、にんにくさえも、一日目は新鮮さにわくわくしながら味わうのに、二日目は新鮮さより違和感が強くなって、ああもういい、うちにかえりたい、と。

舌は、いったいなにをもとめているのか。不安感か安定感か。心臓がばくばくするような冒険か、平穏無事な日々の生活か。わかんなくなります。

＊1　一時期、バジルにはまりました。その葉っぱを、鶏に使う、魚に使う、サラダに使う、ごはんに使う。あんまり使うので常備しておこうと庭に植えましたが、たけだけしく伸びて、花がついて、かわいかった。葉をおいしく食べるためには、花芽はどんどん摘まなくちゃいけないんですが、あまりのかわいさに摘めませんでした。そしたらそのうち、葉に虫がついたので、いっそのこと、庭のバジルは愛玩用に限定しまして、食べる分は買ってくることにしました。チーズなしのジェノベーゼ・ペーストのレシピ。チーズが、どうもだめなんです。

「バジル、カップ2杯、葉だけ摘んで。
オリーブ油、松の実、カップ4分の1ずつ。
胡椒と塩。
プロセッサにがーっとかける」

つるつるのカペリーニにまぜて、上から、ベトナム料理かというくらい新鮮バジル葉を盛り上げます。イタリア風の平たいパンにこれをぬって焼きますと、またすてきです。すし飯に少しぬって、まぐろやいかをおいて、海苔を巻いて手巻きっていうのもおつです。

＊2

また一時期は、イタリアンパセリにはまりました。

「ほうれん草1把をゆでて。
イタリアンパセリ1把、葉だけ摘んで。
マヨネーズ大さじ2、プレーンヨーグルト大さじ1。
これでもかというくらいの黒胡椒、塩少々。
で、プロセッサにがーっとかける」

　これはクラッカーや野菜にディップします。トーストにぬります。しょうゆをたらしてあつあつのごはんにのせます。かりかりに揚げたチキンフライやイカフライにたっぷりかけます。大量に作って、ポパイのようにごっくんごくんと食べます。

鯨の生きたの

いっしょに空を飛んでシャンペンを飲んだくだんの友達の、誕生日がやってきました。こんどはあたしが、クジラウオッチングに招待しました。

来年はどうしよう、空と海は制覇したから、来年はジャングルか大平原か、馬に乗るとかラクダに乗るとか、なんていいながら、あたしたちは近くの観光用漁港に行き、折しもシーズンですから予約はいっぱい、ぞろぞろと人の群れについて、五十人も乗ればぎっしりの小さい船に乗りこみました。

十二月から三月まで、灰色クジラというのが、このあたりの沿岸にいます。それからずっとどこかに回遊して行ってしまう。クジラなら小笠原でも見られるんで、もしかしたらあそこに回遊していくんじゃないかといつか誰かがいってました。ほんとかどうか。昔あたしも、日本に二か月こっちに一か月といったぐあいに行ったり来たりの生活していまして、クジラやカツオやマグロみたいだね、といわれていたものです。きっとクジラもカツオもマグロたちも、太平洋を回遊しながら、ああもううんざりだなこんな生活、仕事も子育ても、ちっとも落ちついてできないじゃないのとこぼしながら、でも、習性というか本能というか、時期が来たらてきぱきと否応なしに回遊してしまう、そんな感じなんでしょうか。

あたしにとっては二回目のクジラウオッチングです。一回目は、数年前につれあいが連れていってくれました。相手は回遊してるんですから、時期は同じころです。カリフォルニアですから、冬ったって陽射しはあいかわらずさんさんとして、人々はタンクトップで、ショートパンツはいてますよ。それが船に乗って沖へ出たら、凍えた凍えた。風がびゅうびゅう吹きつけるんです。それがなまじな風じゃなく、なまじな冷たさでもないわけ。あたしは、あらかじめ寒いって聞いていたから助かりました。ありったけのものを着こんで手袋はめて帽子かぶってマフラーでぐるぐる巻きにして、それでも風は身を切りきざみ、海賊もたいへんだとあのときは思いましたね。あこがれていたんですが、これじゃむりだなと。

肝心のクジラはなかなか見えませんでした。

「今日は見えませんねー」と解説の人もいって、「じゃしばらく、こんなものを見てください」と、客のあいだをまわされたのはホルマリン漬けのクジラの脂肪。関西風のおでんに入れるというコロというもの、あたしは関東なので、すじやちくわぶは食べつけてましたが、コロはちょっと。でも、関西のおでん屋で見ましたから。それで「うまそうやな」とあたしは思ってみたのですが、心に、しまっておきました。そんなこと口に出したら、環境保護です、たちまち簀巻きにされて海の中ですよ。昔鯨の肉をさかんに食べてた、なんてこともちろんひみつです。

近くに水族館があります。バーチ水族館という、小さいんですけど大学付属の、地味で穏やかないい水族館です。入り口のところの水槽に、鰯がおびただしく泳いでいます。あたしは背の青い魚はどうもだめなので、鰯、塩焼きなんかは好きじゃないんですが、さすがにこんないきのいいのはうまそうだなと思うんです。ぴちぴちするやつをつっと手びらきにして、くるっと皮むいて骨をとって、ちゃっとしょうゆつけて、つるっと食べたらうまいだろうなと。中に入りますと、もうよりどりみどり、中でも豪壮なのは、鬱蒼としげるこんぶの森です。そのすきまを烏賊やら鰤やら鯖やらがすいすいと泳いでいます。鯛もいます。穴子もいます。よく研いだ包丁とまな板としょうゆとわさびと炊きたてのごはんがあったらいうことないなーと、行くたびにいつも思います。そこは日本人の観光客も多くって、よくすれちがいます。すれちがっただけで、日本人とわかる。よそではわからないのに、ここではわかる。というのも、みんな感に堪えぬような声でささやいているからです。

「おいしそうね」

　水族館に来て、おいしそうもないもんですが。

　そのクジラウオッチングの船の上でも、そうでした。人はたくさんいましたが、誰も、食用の鯨肉のことなんか考えもしない。でもあたしは考えずにいられなかったんです。給食で鯨の竜田揚げを食べたとか、生姜焼きとか鯨カツとか。チープな食べものではあったけど、それなりにうまかった。鯨ベーコンは、脂っぽくて臭くてまずかった。と、あたしにはふけるべき思い出があった。

　そしたら、いきなりざぱーっと、絶対に食用ではない生きたクジラが、目の前にあらわれて汐を吹いて。

「ああこれはっ、大きいけど子どもですよっ」と解説の人が叫びました……。

……それは数年前の話で、今回、友達とあたしは、もっと北側の、小さめの港から船に乗りこんだのです。あんまりクジラウオッチングの船が多くなって、それを避けてクジラが沖へ沖へ行ってしまう、ずっと沖へ行かないともうあまり見られなくなっているという話でした。それで（船が多いだろうと予想される）サンディエゴの港からは乗らずに、少し北のオーシャンサイドという港から乗りました（が、やはり船は多かった）。

そしたらあろうことか、あたしたちはぼうずでした。

ぼうずとは釣り用語で、ぜんぜん釣れなかったってこと。つまり一頭も見られなかったんです。

船は、クジラをさがして二時間のあいだ、右往左往しました。でもあるのは海ばかり。大きな開いた花のようなクラゲが、いくつもいくつも漂っていましたが、それっきりでした。

むなしく港に帰りつくと船長がいいました。

「今回見られなかったからには、もう一回、いつでもただで乗れるようにしよう。このままここに残って、三十分後に出る次の船に乗ってもいい。保証はできないが、今さっき見たと北の方から連絡が入ったところだ」

人々は、ぞろぞろ船を降りていきました。居残ったのは、あたしたちだけでした。

「どうしよう」と友達がしょんぼりうちしおれていいました。

「夢の出口がふさがれて、夢が宙に浮いちゃったような感じがする。ここを強行突破しなければ、あたしたちの行き場がないわよ」とあたしはきっぱりといい、あたしたちは残ることに決めました。

次の船出のころには、すっかり午後も遅くなっていました。

なにか食べて元気つけようということで、友達が、船内で売っているサンドイッチとコーヒーをおごってくれまして。そのチキンサンドが、むちゃくちゃうまかった。揚げたてチキンがはさんであって、油っこい揚げ玉葱と、たっぷりのマヨネーズとマスタードと、みずみずしいレタスと、パンはやわらかくてあぶってあって。手に持つとずっしりして、ほかほか保温にもなって、しっとり湿って、つつんだ紙を半分むいて、形がくずれる前にほおばるんですが、どうやってかぶりついていけばきちんとほおばれるのかと考えこんでしまうぶ厚さ。

「アメリカのサンドイッチがおいしいのにはいつも感動する、サンドイッチをなりふりかまわずおいしく作る方法をアメリカ人は知ってるのよね」と、まだ見ぬクジラと宙に浮いた夢のことはすっかり忘れてむちゅうにほおばりながら、友達がいいました。

「パリのサンドイッチなんて、ほんとうに貧弱なのよ、バゲットに、ハムが一切れ二切れ入ってて、それだけ、心根の冷淡さが丸見えってかんじのそっけなさ」

友達はオーストリア人で、年の半分はパリやベルリンやプラハに住んでいて、あっちこっちと回遊してる人です。たまたまあたしの誕生日と彼女の誕生日にカリフォルニアにいたってだけで、いつまた、回遊に出ていくかわからない。

たしかにハンバーガー（のおいしいやつに限る）やサブ・サンドは、親のかたきのように、これでもかというくらい具が入っていて、肉も野菜も調味料も入っていて満点、栄養か味かカロリーか、何が満点だか知りませんがとにかく満点。口をくわっと、楳図かずおの恐怖マンガのように開けなくては対処できないんです。

で、二人で船ばたにすわりこんで、海賊ですね、まったく、しばらくむしゃむしゃと飲んだり食ったりしてましたら、とつぜん人がさわぎだして、なんだあれはなんだあれは、と。船長のアナウンスがあって、

「三時の方向に、クジラの背びれが見えますっ、おっ汐を吹きましたっ」

「五時の方向に、イルカの群れ」
「十一時の方向に、またもやイルカの群れっ」

その、時計で方向をあらわすというやりかたが、ようそろ、かっこよかった。そのたびに船の上の人がざざざとそっちの方向を向いて、船がぐらーっと傾いて。

そのあとはひっきりひまなしにいろんなものに遭遇しました。イルカの群れは船を包囲し、あっちにもこっちにも、あらわれて、数頭ずつシンクロナイズドに泳いでましたし、クジラは、一頭だけが船につきまとっていたのか何頭もそのへんにいたのかわかりませんが、とにかく何回も何回も、いろんな方向にあらわれては、汐を吹いて見せました。

海は暮れかけていました。あたしは、何かを思い出してました。にほんごの、幸田露伴の、『幻談』[*1]という、小説の一節です。

……もう海の小波《さざなみ》のちらつきも段ゝと見えなくなって、雨《あま》ずった空が初《はじめ》は少し赤味があったが、ぼうっと薄墨《うすずみ》になってまいりました。そういう時は空と水が一緒にはならないけれども、空の明るさが海へ溶《とけ》込《こ》むようになって、反射する気味が一つもないようになって来るから、水際《みずぎわ》が蒼茫《そうぼう》と薄暗くて、ただ水際だということが分る位の話、それでも水の上は明るいものです。

そのお話ではそのあと、釣竿をにぎりしめた溺死人に遭遇するのです。あたしは暮れなずむ海の上に必死で目を凝らし、何か突き出たものがあるたびに死人の腕じゃないか、死人の腕ににぎられた釣竿じゃないかと目を凝らすんですが、いつまでたっても波の上に突き出るものは、おどけたイルカの背びれか、波のほでした。

帰りついた港には灯がともり、あたしたちは陸にあがって、ようそろ、足元があるかないかわかんない思いを、一瞬だけしました。

＊1　『幻談・観画談』(幸田露伴作・岩波文庫)

のんべの家系

家系的には、のんべでした。それで身代ほろぼしたってのがご先祖や近親者に何人もいます。たいした身代でもないのでほろぼしたところで謹厳実直に生きたご先祖たちとあまり変わらない生活を送り、変わらない死に方をしたみたいですけど。

母はうわばみだし、母方の祖父はほろぼした一人だし、父方の祖父も祖母も酒好きだったというし。なのに父が一人だけからっきし弱いのでした。すぐ赤くなって、ほんとうに染めあげたように真っ赤になって寝てしまうのです。そして甘いものに目がない。そっちの方が、あたしにはだんぜん優性だったんでしょう。酒の楽しみなんてそっちのけに生きてきました。酒は、飲まないのか飲めないのかわかりません。弱いのはたしかです。でも顔にはちっとも出ないんです。食べものにも薬物にも男にも依存しやすい傾向を持ってるあたしが、アルコール依存だけにはどういうわけか縁遠い。

身をほろぼした親類縁者の話を聞いてるから、かえっていやだなーと思うきもちが強かったのかも。

若いころには、これはこれで苦労をしました。というのも、あたしも詩人のはしくれ、昔から詩人とか文士とかいったら酒飲み、のんだくれ、酒精中毒者ばっかりだったそうでございます。で、詩人の集まりなんかで、酒を飲まないということでずいぶんいぢめられまして。酒飲みは酒飲まずに理解がない。飲めないというのを人格の欠陥のようにあげつらわれ、世界の半分を知らないようなもんだなどとののしられ、飲め、飲めとすすめられ、なんたって酒が嫌いなんですから、甘いものならいくらでも食べるんですから、困りました。

中年を過ぎましたら、つきあい酒ならけっこう飲めるようになりまして。飲めるったって白いワインとビールだけですけど、グラスに一杯、ときには二杯、しかし三杯めにかかるとたちまちあくびが出てやたらに眠くなり、胃に来て、吐いて、ころりと寝てしまいます。ダイエットしてるときは、こんなものであたら貴重なカロリーを摂取するなら、あんこをひとなめした方がどれだけ楽しいか、と思うんです。

でもじつは、飲めるだけじゃない、ワインなら、おいしいなー、と思えるようにもなりまして。もちろんおいしいやつにかぎります。どういうのがおいしいかというと、わかりません。ワイン通の話をきくとしちめんどくさくっていけません。でもやっぱり、おいしいものはおいしいもんだなーと。しかしどんなにおいしくても、三杯めには寝てしまうし、甘いものがあればついそっちに手が出てしまうので、進歩も変化もないようです。

つれあいは、毎日夕方になるといそいそと台所に来て（あたしはごはんを作っている）、自分にスコッチを、あたしにワインをつぐのが日課です。で、いっしょに飲むならいいんですが、たいていはそのままグラスを片手に仕事場に戻っていき（ああ、またこのごろは、ゆー、ゆー、ゆー、ゆー、ゆー、ゆー、ゆー、ゆー、ゆー、ゆー、ゆー、ゆー、ゆー、やっと、みーってなぐあいに、ほとんどあたしが炊事です）、あたしは一人で台所、好きでもない酒を置いていかれたって飲みようがないです。

ところがあたしは、そのワインに、クランベリージュースを混ぜることを覚えました。ワインは、常飲用の安いドライなシャルドネです。それに甘酸っぱいクランベリージュースを混ぜますと、ジュースほど甘ったるくなくワインほど酒臭くなく、ワインの酒臭さがジュースにのりうつっていい香りになり、ちょうどいいのであります。こんどマスカットジュースでやったろと思っていますが（その名も親子カクテル）、酒好きのつれあいには評判が悪い。

つれあいは酒好きです。毎日飲みます。ふだんはスコッチ。インド料理にはビール。あたしが飲まないから家族の食事には飲みませんけど、人を呼んだり呼ばれたりするといくらでもワインを飲み、すし屋に行けばおおいにお酒を飲み、はっきりいってこういうのを底なしという。のんべでものんだくれでもアルコール依存でもないんですが、酒はとてもおいしいと思っていて、毎日飲んで、いくらでも飲めて、おいしいものとおいしい酒は切りはなちがたく結びついているようで、それなのに酔っぱらうということがない。酒飲みといえば、すぐ真っ赤になり、ろれつも回らなくなり、臭いわ汚いわしつこいわのイメージしか持ってなかったので、なんか拍子抜けです。そういえば酔っぱらって前後不覚になったことは今まで一度もないなあと彼は述懐するんです。

それってほんとの酒の飲み方を知らないんじゃないの、とあたしはひそかに思っています。べろべろになって人前でも正体なく寝てしまったり、はめはずしたりするおもしろさが、お酒にはある。人格を変えるというか。解き放たれるというか。あたしは酒飲まずですけど、たまに度を過ごしたときの「酔っぱらった」っていう感覚は、あっけらかんとして、楽しくて、あれで吐きたくも眠たくもならなければいいのにと思います。チョコレートや大福じゃそうはいきませんから。

いつか、日本人は酒を分解する酵素が遺伝的に欠けているからすぐ酔っぱらうのだと聞きました。ほんとかどうか知りませんが、おもしろい説だと思いました。泥酔こそ酒飲みの真髄と思いこんでいた昔の詩人たちもあたしも、限られた地域に住む人々の遺伝的な特質でものをいっていたのかもしれません。

ところが、あろうことかあたしは今ビールにむちゅう。

うまいビールがあるんです。イギリスの「サミュエル・スミス」という銘柄の「古い醸造所の蒼ざめたビール」（直訳しました……）というやつ。濃い明るい赤っぽいこはく色のビールです。

つれあいが、いつだったか、アメリカのビールなんか飲めるか、うまいビールとはこういうものだ、といって買ってきました。全国規模の大手メーカーのビールではなくて、ローカルな中小醸造所のものなんだそうです。アメリカ産のビールに「サミュエル・アダムズ」というのがありますが、それは別物。

前回ビールを飲んだのはいつだったか忘れてしまった。きっと日本でです。そのくらいこっちでは日常的にワインです。空が青いせいだと思うんです。けたたましく青い。そしてかりかりに乾いていて。

記憶にある日本のビールの味は、殺菌されつくしていて何もどこにも後ろめたい汚いものはないような、そんな味でした。硬質で、かきーんという金属音が聞こえてくるような。きーんと冷やした、手も切れそうなビールをくーっと飲むには、ここよりもっと暑くて湿ったところじゃないとおいしくないのかもしれません。

ところが、サミュエル・スミスは、濃くて明るい赤いこはく色です。体内色というか。それもあんまり健康じゃないときの。古池の水を金のコップにくみとって太陽に透かしてみたような、そんな色をしています。藻がおどろに生えていて、いろんな生物や微生物が住んでいて、かっぱや沼の精も住んでいて、しーんとして、木洩れ日はちらちら、それで（もともとは王子様の）カエルが飛びこんでひとしきり水面がさわぎ、またしーんとしずまったときの、耳の奥に残っている水音のような。

それで、お味は、一皿に何もかもいっしょくたに盛った料理みたいでした。これ一杯でなんでもかんでも味わえる。魚も肉も野菜もフレンチフライもマッシュポテトもチョコレートムースも。残飯入りの犬のごはんみたいですが、豊かなんです。でも豊かなぶん、すごく強い（とあたしには感じられる）から、二杯めには早ばやと眠くなってしまう。ああもったいない。もっと飲みたい。

つれあい、日本に行きおおいに食べる

めぐりめぐってまた夏がやって来ました。

あたしと娘たちは、例年どおり日本に帰ったんですけど、今年はつれあいも、十日間ほど日本にやって来ました。

暑さに弱く、湿度に弱い人なんです。ちょっとの湿度にも汗だくになってあえぐから、日本の夏はこんなもんじゃないと常々あたしはいってたんですが、聞いてなかったんですね、今年はどうしても日本に行く、といってきかない。

しょうがない、蒸し暑さも極まるであろう大都市は避けて、熊本に。わが家を基点に、エアコンをきかせて、タクシーを駆使して、熊本城と細川家を観光して、それからレンタカーで、阿蘇から清和《せいわ》とおって宮崎の高千穂と椎葉《しいば》にまわって、ずっと山奥ですから涼しいはずで、温泉浸かって、猿まわし見て、文楽見て、お神楽見て、鬱蒼と繁る照葉樹林を見ようかと計画をたてました。名づけて、日本深南部《ディープサウス》民俗探訪納涼ツアーです。

暑さと湿気は不快でも、草木の圧倒的な緑は、溺れそうなくらい快感です。

夏のカリフォルニアは、乾期の真っ最中です。一年中乾いてますけれど、春先には雨が降る。雨が降れば、草木は芽を出し、花が咲く。発情した野ウサギが藪を揺らす。ところが夏になると、水気はなくなり、草木は干上がり、すべてが死に絶えたようで、生き物といえば、ちょろちょろ走っていく砂色のトカゲばかり……。そんなところから来ると、日本の緑は目に痛いほどです。いたるところに草がはびこり、木々は繁り、葉の一枚一枚に、光が溢れて、こぼれている。青竹がりんりんと伸びさかり、木という木に蔦や葛が巻きあがる。木の下を通れば、すだく蝉の声にうちのめされる。「Gorgeous（……ケンランゴーカ）」と、葛の野原や竹藪や照葉樹の森を見て、つれあいがいいました。

蔓に足を取られ、苔にすべり、藪蚊に刺される。日あたりの中ではてんぷらに揚げられるような気分だし、雨あがりは息をするだけで汗が噴き出す。そんな中で、彼はビールを飲みました。

「アメリカの大量生産のビールなんて、なんだありゃ、ビールか」といってたつれあいですが、それであたしもサミュエル・スミスを知ったのですが、夏の熊本で飲んだのは、大量生産もきわめつけのアサヒスーパードライでした。

たしかに、この暑気と湿気と木々の緑と蟬の抜け殻と蟬の鳴き声と苔と蚊と汗には、サミュエル・スミスは不向きです。豊かさがかえってまつわりついてきて、べたべたして、毛穴がつまるような感じがして。あの、殺菌されつくした、何にもこだわらない、かっきーんと金属バットで白球を打ち上げたような、それが青空に、たかくたかーくあがっていって、場外ホームラン、どころかそのまま見えなくなってしまったようなスーパードライなら、いくらでも飲める。

つれあいはすっかり気に入って、どこへ行ってもそれを注文し、また、どこにでもあるもんですから、「自分のビールの選択は、この気候を生き抜くネイティブのジャッパニーズと同じである」と得意になりまして。

来る前に、どこに行きたいと訊きましたら、「デパートの食品売場」と「炉端焼」

といいました。じつは彼にとって、これが六回目の日本です。以前東京で、知り合いもなく、ことばもわからず、あてもなく歩いていて、ふらりと入ったその二つが印象的だったそうです。それから、噂にきく「回転寿司」もぜひ経験してみたい。

で、回転寿司とデパートの食品売場なら簡単でした。回転寿司はもとより好きなところだし、食品売場では「鯖の味噌煮」と「いかの塩辛」と「コロッケ」と「おから」と「白あえ」と「春菊のあえ物」と「ごぼうのサラダ」、和菓子売場で「水まんじゅう」、果物売場で「幸水梨」を買って帰りました。

　問題は炉端焼。下戸のあたしは知らないんです。それで近所の人に、どこか炉端焼みたいなお店知りませんかと訊きましたら、「知ってます知ってます」と。うちのつれあいにとってエキゾチックな、食べもののおいしいところがいいんですけど、といいましたら、「ああ、それならぴったりだ。友達のやってる店で、こぢんまりした静かなところですよ」というので、行ってみたら、炉端で焼くのは馬肉というお店で(熊本の馬刺は有名です)、馬肉以外のおすすめ料理が、「ゴーヤの煮込み」「トムヤムクンサラダ」「生春巻」「チヂミ」……どうも微妙にエキゾチックさがずれてました。

　でもゴーヤの煮込みはおいしかった。エキゾチックさとおいしさがからみあうと、背筋から腰骨のあたりまで、ぞくぞくっと来るものを感じるんです。

馬の焼き肉も頼んでみました。ほとんど脂身でした。焼くと脂がしゅるしゅるっとちぢむ。それをさっぱりしたレモンとしょうゆのたれで食べるんですが、どんなにさっぱりしてても脂は脂、まさか日本くんだりまで来て、こんな脂のかたまりを食べるとは。

ジャッパニーズフードはローカロリーでローファット（といってもスシのことで、霜降り牛肉のすきやきやロースとんかつなんて知らないんですが）と思いこんでるカリフォルニアの人たちに、いつかカムアウトしたいと思うんです、「あたしたちは、じつは、肉の脂が大好きなんです」って。

帰る間際に、つれあいに、何がよかった？　と訊きましたら、「サケ造りの工場とサムライハウス、アパートのパーティーと阿蘇のオンセンと水源地」といいました。

「ディスコースがあったからだ」と難しいことをいうもんだから、あたしは、辞書でひきました。discourse《文語》講話・談話・話す・語る……。お酒造りの見学ができるという酒造会社、地元の瑞鷹《ずいよう》ってとこですけど、電話してみましたら、「今はシーズンじゃないから、洗浄中のタンクしかお見せできませんけど、それでよければ」と。はは、下戸ですから、お酒にシーズンがあるなんて、ちっとも知りませんでした。でも、行きました。下戸ですから、タンクを見るだけでもいいと思って。つれあいは、酒飲みなので、タンクでもいいから見たいというし。そしたら、瑞鷹の人が親切に案内してくれました。会社の屋上から町を見渡して、昔はあそこに川が流れてまして、あそこに船着き場がありまして……という説明を聞いていましたら、お酒は、町とも川とも海とも空ともつながっていると感じたんです。

わが家のある集合住宅では「夏祭り」、住民総出で、そうめん流し、西瓜割り、花火大会、持ち寄りパーティーがありまして、つれあいは、近所の人たちとおおいに話しこんでいました。細川刑部邸《サムライハウス》でも、阿蘇の温泉でも、話しかけ話しかけられて話しこみ、阿蘇の水源地でも、ポリタンクを持って水を汲みに来ていた年配の夫婦と話しこんだ。はいどうぞと、コップに汲んで差し出してくれた水を、受け取って、飲んだ。

どの場面にも「（テーマをすえて）人と話しこんだ」ということがあり、つまりそれが、discourse という英語であり、心を揺さぶるのだ……と思います。つれあいの今までの日本体験はぜんぶあたしと知り合う前、仕事がらみで人と会い、人と話し、接待もされ、おいしいものも食べたでしょうけど、こんなにむぼうびに行きあたりばったりに、日本人と話しこみ、日本人の生活の中に（しかも家族として）入りこんだことはなかったそうです。

偏屈で、因業で、あたし以上に流刑人か隠遁者のような生活を送っている人と思っていたものですから、意外でした。人と出会って話をする。それに心が揺さぶられる。人間の、永遠のテーマじゃありませんか。

瑞鷹で教わったんですけど、お酒のびんには「日本酒度」という表示があるそうです。「1」なら甘口、「10」なら辛口、超辛口は「＋10」。それならカリフォルニアの気候でも、シャルドネみたいにすっきりと飲めるかもしれないと思って買ってみたんです。ところがあたしはやっぱり下戸でした。飛行機に乗ってから、あ、お酒忘れた、と気がつきました。

旅は終わりました。

ここはカリフォルニアです。

青すぎて、黒光りしてるような空があります。忘れてきたあの超辛口は、この空の下でどんな味がするか考えてみるんですけど、考えるそばから吸いこまれていくような、乾いた、深い、青い空です。

あとがき

あたしは今でこそ、ごはんなしじゃいられない偏食家ですけど、むかしむかし、家庭からはみ出て、浮かれ出るように旅をして暮らしていたころは、そうじゃありませんでした。あのころは、見知らぬ材料を使って、食べたことのない料理を作ることに夢中でした。それが、旅また旅のあやうい人生を生き抜く方法だと思っていましたよ。またいつか、そうなるときがあるのかしら。

ＴＡＮＴＯに連載中の担当の北浦佳代子さん、ありがとう。ごちそうになったサムゲタン、おいしかったです。編集長の山澤賢晃さん、お世話になりました。こちのおさしみ、おいしかったです。イラストの杉田比呂美さん、浮遊する感じが、いつも、気持ちよかったです。「早めし食い」の項は、ＮＨＫ出版『男の食彩』連載の「早めし早グソ女の一芸」から、「ハナハトマメマス」と「つれあい、日本に……」の項は、熊本日日新聞に連載の「がまの穂通信」から、書き直して入れました。新井ガクさん、小野由起子さん、ありがとうございました。

ダイアン・ローセンバーグさん、豚足のゼリー寄せもパセリのディップもおいしかったです。ディートリンド・アントレッターさん、ハプスブルグ風アップルパイ、おいしかったです。関口かおりさん、大阪で食べたお好み焼き、おいしかったです。平田俊子さん、アイルランドで食べたスコーンも東京のコンビニの温泉卵も、おいしかったです。

赤塚萌子さん、金柑の蜜煮もタイ風サラダも、とてもおいしかったです。

枝元なほみさん、作る料理は、みんなみんな、おいしかったです。

膨大な書き足し分をいっしょに考えてくれて、とうとう本にしてくれた木造直美さん、ありがとう。香菜とミントとバジルとパクチー・フランの盛り合わせ、すごくおいしかったです。

二〇〇〇年一〇月　　　　伊藤比呂美

文庫版あとがき

あれからずいぶん時が経ちました。一九九九年に雑誌で連載をはじめ、本になったのは二〇〇〇年。書くスタイルも、今とはずいぶん違います。この時期を、比呂美の第二安定期と呼びたいくらい（ちょっと待て、第一期はいつあったのだ？）。なんといいますかね。たとえ心中は不穏であっても、みなぎる若さで押しつぶし、ぶっちぎり、体内に女性ホルモンを駆けめぐらせ、女として育てられてきた文化をむんずとつかんで背負い込んでいるようです。

二三年の間に、家族は激変しました。娘たちは一人また一人と家から出ていって、出ていって帰ってきてまた出ていってまた帰ってきた子もいますが、あたしからは離れて生きています。夫は老いて死にました。あの当時飼い始めた犬も老いて死んで、今は二代目、三代目が、一人で暮らすあたしのそばにいます。

あたしはすっかり忘れておりました。家庭の中でこんなふうに料理をすることも、家族に食べさせることも、夫の存在も、そのニオイも。こうして読み返し、すごくすてきなものたちを、思い出させてもらったなと思っています。

家族も激変しましたが、アメリカの社会も激変しました。二〇〇一年にはアメリカで9・11が、同時多発テロがあって、がらがらと音を立てて変わっていきました。

直後は、数日の間、社会がすっかり動かなくなり、空港は閉鎖して、飛行機もぴたりと飛ばなくなり、人々はぴりぴりしていました。うちの末っ子は当時七歳、近所の私立小学校に行ってたんですが、学校から配布された星条旗柄のTシャツを着て、「アメリカ、おー、びゅーてぃほー」とか「この旗を見ると私の心臓はビートする」とか「この土地は私の土地」とか、愛国歌をうたっていました。話に聞く少国民みたいでした。

そういうことどもを思い出すと、この本の持っているのどかさは、まったく9・11の前だからという気がします。

それからまた社会は変わっていきました。オバマが大統領になって変わり、移民として、女として、暮らしやすくなったと実感した時代がやって来て、過ぎていき、がらがらと、また暮らしにくい方向へ変わっていった頃、あたしは日本に帰り、二年後にコロナ禍が来ました。

　昔の話なので、現状と違うところがいくつもあります。気になってチェックしてみました。

　チックスのローストチキン（「居ながらレストラン」）。

　まずこの小さなテイクアウトの店がまだある。それに驚きつつ調べてみたら、なんと「丸一羽におそうざいが二品にトルティーヤがついて一二ドル九九セント」だったものが、今は二八・九九ドル。チックスの店主は中東出身だったので、9・11の直後、たいへんだろう、応援しよう（チキンを食べよう）と隣人たちとささやきあっていたものです。コロナ禍の間はどんなふうだったろうと考えました。

　それからお米（「新生児の白目」）。

「二〇パウンドで一二ドルかそこら」だったようですが、今の日系スーパーのチラシをネットで調べてみましたら、五キロ袋一九・九九ドルでセール中。二〇パウンドはほぼ九キロ、三倍ほどの値上がりです。

レストランのチップですが（「早めし食い」）。

一五パーセントなんて昔の昔の昔の話、二〇一八年頃にはすでに二〇パーセントが相場になっていましたが、コロナ禍で激変し、飲食業をサポートしようという気持ちも手伝って、チップの相場がぐんと上がり、またテイクアウトでもチップがあたりまえになったそうです。二〇二二年に久しぶりにアメリカに帰ったときに仰天しました。レストランもウーバーも、二〇パーセントから二五パーセントが標準になり、スタバですら、お会計のときに「チップは？」と表示され、「二〇、二五、三〇」と選ぶようになっていました。

おためしパラグライダーの値段（「丸い地球の水平線に」）。

一二五ドルが一七五ドルに値上がり、でも食べ物ほど値上げ率は高くありません。

あたしが日本でやってたエアロビクス（「けちなんです」）。

エアロビの思い出をのんきに語っておりますが、この数年後、ぶよぶよになり果てて、またエアロビでもしようと近所のジムに入会したあたしは、エアロビクスのクラスなんて影もカタチもなくなっていて、ズンバなるエクササイズが席巻しているのを目の当たりにし、そこに飛び込み、ハマっていくんですが、それは『閉経記』でじっくり語っておりますが、この本のこの時からはまだまだ先の話です。夫の話は『たそがれてゆく子さん』でしみじみと語っておりますが、まだまだずっと先の話、日本に帰ってからのあたしの生活は『ショローの女』でとっくりと語りましたが、今はさらにその先をいっています。

こうして今のあたしが、二十数年前の本を読み返してみると、ひとりの女の人生を四〇代はじめから六〇代おわりまで、ぱあああっっっと駆け抜けたような、「石橋は(叩いてなんかいられない)走って渡れ」というあたしの好きなことわざそのままの経験でした。あたしなんだけど、あたしじゃない。

ブレイディみかこさん、すばらしい解説をありがとうございました。マーマイトは、ひとびん、日本に持って帰ってきてときどき食べています。日本風の食パンじゃどうしても合わないから、合うパンを見つけるのに苦労しました。でも見つけたんです。乾き目の、薄めスライスの、しっかりとパンらしい全粒粉のパンです。

そして昔から何度もお世話になっている三浦由香子さん、このたびも、文庫のために何から何までありがとうございました。

二〇二三年一〇月

伊藤比呂美

解説

詩を食べる

ブレイディみかこ

本書は伊藤比呂美さんのエッセイの中でも、いわゆる「食エッセイ」と呼ばれるものだ。その解説を書くことになったのも何かの縁だなと思うのは、実は、わたしと比呂美さんの出会いにも、ある食べ物がからんでいたからである。

それはマーマイトという瓶入りの発酵食品だった。英国の家庭ならどこでも、キッチンの棚の中にジャムやピーナッツバターと一緒に並べている食べ物だ。トーストに塗るのが主な食べ方だが、料理の隠し味に使ったり、野菜スティックのディップにしたりする人たちもいる。一種独特の味をしているので、好きな人は好きだが、嫌いな人はにおいも嗅ぎたくないらしい（日本で言えば、納豆みたいなものかもしれない）。だから英国では、好き嫌いの分かれる個性的なものを表現するときに「マーマイトみたいな」という言葉を使う。「マーマイトみたいな俳優」とか「マーマイトみたいな小説」と言ったりするのだが、それでも英国の人たちは、おしなべてこの食品が好きなようだ。

数年前、わたしの担当編集者の一人がイギリスに送ってきてくれた本の中に、比呂美さんの『切腹考』が入っていた。読んでいると、その中に「マーマイトの小瓶」という一篇が出てきた。比呂美さんは、英国を訪れた際に夫の娘の家で初めて食べたマーマイトについてこう描写していた。

> 女たちがトーストを食べた、一枚、また一枚、と。あんまりうまそうに食べているので、わたしも手を伸ばした。マーマイトは初めてか、そんならたくさんは塗らない、少しだけでいいのだと言いながら、女たちがわたしの手元にマーマイトとマーガリンを寄こしてくれた。おそるおそる塗って食べてみた。ずいぶん塩っぽいものだった。発酵臭がつんとした。自分の体内の臭いや、森の中に溜まった土、そんな臭いも臭ってきた。

わたしはこの描写にノックアウトされた。こんなにマーマイトの味の微妙さを見事に書き表しているものを読んだことがなかったからだ。確かにあれは体内や土の臭いだ。臭くて、原初的で、懐かしい味。

だが、それより何より、キッチンのテーブルに山盛りのトーストを置いて、女たちが一枚、また一枚とマーマイトを塗って食べている、その逞しくも野太いイメージが素晴らしかった。夫の娘や、夫の息子の妻と一緒に、友人でもなければ血のつながりがあるわけでもなく、文化すら違う女たちとテーブルを囲んで比呂美さんはそれを食べている。同じ男を夫や父や義父として持つ女たちが、それぞれその男との関係で苦労はしてきたがいまはけっこうふっ切れていて、後はこの老いた男を送りだしたらおしまいだという思いを共有しながら、みんなで食べる。女たちが食べているのはベーシックで何の飾りもない、土臭いマーマイトを塗ったトースト。これはあまりに秀逸なイメージで、あの味を実際に知る人間にとっては官能的でさえある。

すげ。

詩人というのは、こんなことができるのか。

とＫＯされてしまったのだったが、詩人・比呂美さんのこうした「すげえ描写」がまるごと一冊堪能できるのが本作と言っていい。

たとえば、ゼラチンと寒天の違いを考察しながら、「何と形容したらいいのか、動物質と海藻質というか、死体のぬめりとよどんだ水にたまる澱《おり》のぬめりというか、ゼラチンがぷるんなら、寒天はつるん」である。また、西洋のブレッドに比べて妙に柔らかい日本のパンと、それを「ぱんぱん」と表現する幼児語を思い出しながら、「ぱんぱん食べる？あかんぼに身をかがめて、その乳くさいにおいを嗅ぎながら訊きますと、答えはどうあれ、なんですかそこに、ふわふわの子育てが、子育てのきたない部分も、うっとうしい部分も、泣きたくなる部分も、何もかもとけてってしまうような、そんなふわふわの部分が、立ち上がってくるような気がします」と書く。食べる詩というか、詩を食べる。そう、比呂美さんは詩を食べているのだ。

　さらに、本書は比呂美さんのエッセイであるから、いつものように西洋と日本の比較文化論的な側面もある。アメリカのカリフォルニアで、英国出身の男と暮らし、子どもたちを育てながら、キッチンに立つ。そこで料理をしていてもつい異文化について考えてしまうのである。だって、「食」こそ文化の違いの原点ではないか。しかもこの違いは、容易に議論や知性で乗り越えられる違いではない。

　比呂美さんは、家庭の中でキッチンに立って食事を作ってしまう自分の姿にも、日本的な家父長制文化が染みついているのだと気づいている。だから、女性の友人と一緒なら毎日適当なものを食べたいときに食べていられるのに、男がいるとリキを入れてごはんを作ってしまうとぼやく。夫がいなければ、母親とでも、娘とでも、手抜きだったのに。西洋人の夫のためにメニューに気を遣い、がんばってしまうのは、異文化の相手と結婚したということだけが理由なのだろうか？

つれあいの西洋文化にはばまれているのかと考えましたけど、ちがいます。そんなもの以上に、家庭の中で男をたてまつる日本の家庭の女の文化がはばむのです。

しかし、そう考察しながらも、比呂美さんには、日本の家庭のあり方のほうが楽だなあと思うときもある。「女性をキッチンに閉じ込めておくのはけしからん」というのが男女同権的には正しい意見だとしても、閉じこもっているほうが楽なこともあるのよ、ディナーパーティーのときには。と、比呂美さんは書いちゃうのだ。キッチンに閉じこもって料理ばかりしてないで、外に出てきて人々をもてなし、楽しませろなんて、一人で二役やれと言ってるのと同じじゃないの。むしろキッチンで思い切り料理に没頭したいのに、と。

「日本文化ってのは、妻だけが台所に引っ込んで働いているんですってね。妻とは名ばかりで、まるで使用人だ。ひどい文化じゃありませんか」などという人も少なからずいて、「そうですとも、ほんとにひどい文化ですよねえ」なんて、あたしもときに口裏合わせちゃったりしていますが、ふふ、内心は、ちがう。あれは、妻を、外界のストレスから保護するシステムと、ひそかに思っています。

このように、比呂美さんの比較文化論は、「西洋諸国ではこうだから、日本もこうなるべき」みたいな一方的なものではない。いや実際、住んでしまえば、どちらにもいいところ、悪いところがあるのが身に染みてわかる。何らかの政治的意図があれば、恣意的に一方を上げまくり、片方を下げまくるだろうが、日常生活者にはそれは無理だ。

その「ふふ、内心は、ちがう」部分を生活者・比呂美さんは不敵に吐露する。そしてわたしのような欧州在住者も、やっぱりそういうところにウケてしまうのだ。

思えば、本作が単行本として出版された二〇〇〇年は、こういう「ふふ」を何も気にせずに書けた時代だったのだろう。「こんなことを書いたらそこだけ切り取られてＳＮＳに流される」という心配や、せせこましい配慮がいらなかったのだ。そのおおらかな空気が本書からは漂っていて、ちょっと羨ましくなった。

さて、マーマイトで始めたこの解説、途中で脱線してしまい、比呂美さんとわたしとマーマイトの話を最後まで説明してなかったことに気づいた。だからここで補足しておこうと思う。

『切腹考』を読んだ数か月後、わたしは比呂美さんからいきなりメールをいただいた。そのときわたしはモロッコにいたのだが、びっくりして、『切腹考』を読んだことを書き、「わたしはマーマイトが大好きで、旅行には必ず持っていきます。いまもバッグの中に入っています」と書いたら、すぐ比呂美さんから返事がきた。やはりマーマイトについて熱く語っておられた。そしてその年の夏、福岡の書店で比呂美さんと対談することになったが、そのとき、お土産に、英国で発売になったばかりのマーマイト・ピーナッツバターの小瓶を持って行った。

これは、マーマイトとピーナッツバターを混ぜた食品で、当時、英国で話題をさらっていた。まったく風味の違う二つの食品が「合うか」「合わないか」はネットで論争にもなっていた。もちろん、わたしは「合う」派だったので、比呂美さんに持って行ったのだが、書店の事務所で比呂美さんにその小瓶を差し出すと、彼女は、

「えー、初めて見たー、さっそく食べてみよう」

と言った。ブックスキューブリックというその書店にはベーカリー部門もあり、おいしそうなパンがテーブルの上に並べられていたせいもあるが、比呂美さんは小瓶を開けてパンにマーマイト・ピーナッツバターを塗り、その場で食べ始めたのである。

「おいしい。このパンに合う」

と比呂美さんが言うので、わたしも彼女が指さしているパンにマーマイト・ピーナッツバターを塗って食べてみた。

「ね、合うよね。いける」

「そうですね、ほんと」

とか言いながら、書店の事務所のテーブルに向かい合って座り、マーマイト・ピーナッツバターをパンに塗ってむしゃむしゃ食べているわたしたちの姿は、まるで比呂美

さんの本に出てきた、英国の家のキッチンでマーマイト・トーストを食べている女たちのようで、わたしは本が現実になったようなシュールな感覚に包まれたのだが、比呂美さん自身はそんなことを知る由《よし》もない。

マーマイトには女たちが似合う。

そういうイメージをわたしが持つようになったのはそのせいだが、たぶん、ある食べ物について誰かにこういう強烈なイメージを植え付ける力を持っているのが詩人の言葉の力だ。そしてその力が遺憾なく、せせこましいことを気にせずに、おおらかに発揮されたエッセイ集が本作なのであり、この本を読んだら、あなたにも食べる度に強烈なイメージを喚起させられる食べ物が一つか二つはできるだろう。そのときあなたも、詩を食べる比呂美さんと一緒に詩を食べているのだ。書店の事務所で彼女と一緒にパンを食べていたわたしのように。

（ライター、コラムニスト）

『またたび』二〇〇〇年一一月　集英社刊

中公文庫

またたび

2023年11月25日　初版発行

著　者　伊藤比呂美《いとうひろみ》

発行者　安 部 順 一

発行所　中央公論新社

〒100-8152　東京都千代田区大手町1-7-1

電話　販売 03-5299-1730　編集 03-5299-1890

URL https://www.chuko.co.jp/

DTP　嵐下英治

印　刷　三晃印刷

製　本　小泉製本

Published by CHUOKORON-SHINSHA, INC.

Printed in Japan　ISBN978-4-12-207437-8 C1195

中公文庫既刊より

各書目の下段の数字はISBNコードです。978－4－12が省略してあります。

い-110-1
良いおっぱい悪いおっぱい〔完全版〕 伊藤比呂美
一世を風靡したあの作品に、3人の子を産み育て、25年分の人生経験を積んでパワーアップした伊藤比呂美が大幅加筆！「やっと私の原点であると言い切ることができます」
205355-7

い-110-2
なにたべた？ 伊藤比呂美＋枝元なほみ往復書簡 伊藤比呂美 枝元なほみ
詩人は二つの家庭を抱え、料理研究家は二人の男の間で揺れながら、どこへ行っても料理をつくっていた。二十年来の親友が交わす、おいしい往復書簡。
205431-8

い-110-4
閉経記 伊藤比呂美
更年期の女性たちは戦っている。老いる体、減らない体重、親の介護、夫の偏屈と。ホルモン補充療法に挑戦、ラテン系エクササイズに熱中する日々を、無頼かつ軽妙に語るエッセイ集。
206419-5

い-110-5
ウマし 伊藤比呂美
食の記憶（父の生卵）、異文化の味（ターキー）、偏愛の対象（スナック菓子、山椒）。執着し咀嚼して、胃の腑をゆさぶる本能の言葉。滋養満点の名エッセイ。
207041-7

い-110-6
たそがれてゆく子さん 伊藤比呂美
男が一人、老いて死んでいくのを看取るのは、ほんとうによかった――。夫の介護に始まる日々。書くことで生き抜いてきた詩人の眼前に、今、広がる光景は。
207135-3

あ-60-3
いい女、ふだんブッ散らかしており 阿川佐和子
父の葬式、認知症の母の介護、そして還暦過ぎての結婚……。自らにじわじわ迫りくる「小さな老い」を蹴散らして、挑戦し続ける怒濤の日々を綴るエッセイ。
207162-9

あ-60-4
老人初心者の覚悟 阿川佐和子
老化とは順応することである！ 六十五歳、「高齢者」の仲間入りをしてからの踏んだり蹴ったりを、ときに強気に、ときに弱気に綴る、必笑エッセイ第二弾。
207317-3

い-116-1
食べごしらえ おままごと
石牟礼道子
父がつくったぶえんずし、獅子舞にさしだした鯛の身。土地に根ざした食と四季について、記憶を自在に行き来しながら多彩なことばでつづる。〈解説〉池澤夏樹
205699-2

い-139-1
朝のあかり 石垣りんエッセイ集
石垣りん
働きながら続けた詩作、五十歳で手に入れたひとり暮らし。「表札」などで知られる詩人の凜とした生き方が浮かぶ文庫オリジナルエッセイ集。〈解説〉梯久美子
207318-0

う-3-18
九十歳、イキのいい毎日
宇野千代
陽気は美徳、陰気は悪徳を信条に九十八歳の天寿を全うした著者。最晩年のイキのいい毎日を綴った名随筆を精選。「私の文章作法」「私の発明料理」収録。
207336-4

き-30-19
50代からしたくなるコト、なくていいモノ
岸本葉子
両親を見送り、少しのゆとりを手に入れた一方で、無理はきかないのが五〇代。自分らしく柔軟に年を重ねるヒント満載の、シニアへ向かう世代を応援するエッセイ。
207043-1

き-30-20
楽しみ上手は老い上手
岸本葉子
心や体の変化にとまどいつつも、今からできることをみつけたい。時間と気持ちにゆとりができたなら、新たな出会いや意外な発見？　期待も高まります！
207198-8

さ-61-1
わたしの献立日記
沢村貞子
女優業がどんなに忙しいときも台所に立ちつづけた著者が、日々の食卓の参考にとつけはじめた献立日記。工夫と知恵、こだわりにあふれた料理用虎の巻。〈解説〉平松洋子
205690-9

さ-61-2
寄り添って老後
沢村貞子
八十一歳で女優業を引退した著者が、自身の「老い」を冷静に見つめユーモラスに綴る。永六輔との対談「お葬式を考える」を増補。〈巻末エッセイ〉北村暁子
207207-7

た-15-10
富士日記（上）新版
武田百合子
夫・武田泰淳と過ごした富士山麓での十三年間を克明に描いた日記文学の白眉。昭和三十九年七月から四十一年九月分を収録。〈巻末エッセイ〉大岡昇平
206737-0

各書目の下段の数字はISBNコードです。978－4－12が省略してあります。

た-15-11
富士日記（中）新版　武田百合子
愛犬の死、湖上花火、大岡昇平夫妻との交流。昭和四十一年十月から四十四年六月の日記を収録する。田村俊子賞受賞作。〈巻末エッセイ〉しまおまほ
206746-2

た-15-12
富士日記（下）新版　武田百合子
季節のうつろい、そして夫の病。山荘でともに過ごした最後の日々を綴る。昭和四十四年七月から五十一年九月までを収めた最終巻。〈巻末エッセイ〉武田　花
206754-7

た-22-2
料理歳時記　辰巳浜子
いまや、まったく忘れられようとしている昔ながらの食べ物の知恵、お総菜のコツを四季折々約四百種の材料をあげながら述べた「おふくろの味」大全。
204093-9

た-28-17
夜の一ぱい　田辺聖子　浦西和彦編
友と、夫と、重ねた杯の数々……。四十余年の長きに亘る酒とのつき合いを綴った、五十五本のエッセイを収録、酩酊必至のオリジナル文庫。〈解説〉浦西和彦
205890-3

ひ-26-1
買物71番勝負　平松洋子
この買物、はたしてアタリかハズレか。一つ一つの買物は一期一会の真剣勝負だ。キャミソールから浄水ポットまで、買物名人のバッグの中身は？〈解説〉有吉玉青
204839-3

よ-25-6
小さな幸せ46こ　よしもとばなな
最悪の思い出もいつか最高になる。両親の死、家族や友との絆、食や旅の愉しみ。何気ない日常の中に幸せを見つける幸福論的エッセイ集。タムくんの挿絵付き。
206606-9

よ-57-4
さっぱりと欲ばらず　吉沢久子
自分に正直に生きることが、人生を幸せに過ごす秘訣です。人は人、自分は自分。１０１歳で大往生した吉沢さんの人生の知恵が満載！〈解説〉谷川俊太郎
207038-7

よ-47-1
洟《はな》をたらした神　吉野せい
詩人である夫とともに開墾者として生きた女性の年代記。残酷なまでに厳しい自然、弱くも逞しくもある人々、夫との愛憎などを、質実かつ研ぎ澄まされた言葉でつづる。
205727-2